사뭇 강편치

안전가옥 쇼-트 07

설재인 단편집

사뭇 강펀치

현진

현진은 집에 가며 무거운 더플백을 고쳐 매었다. 몸이 축축 처지고 입안이 말랐다. 쥬씨와 빽다방과 공차가 나란히 서로를 물어뜯으며 장사하는 건널 목 앞에서 신호를 기다릴 때 제일 화가 났다. 사실 화가 났다고만 쓴다면, 지나치게 순한 맛 표현이다. 정말 개빡쳤다. 어느 정도냐, 하면… 지금 지나가는 버스에 몸을 던져 내가 죽는다면 문지상 그 인간의 인생도 어떻게든 조져지지 않을까, 하는 상상을 해야만 쥬씨와 빽다방과 공차를 잊을 수 있었다. 실제로 몸을 던지지 못한 것은 그저 더플백이 너무 무거웠고, 그 안에 고모가 큰맘 먹고 사 준 위닝 헤드기어, 글러브, 그리고 미즈노 복싱화 같은 것들이 있기 때문이었다. 차에 치여 쓰러지고 병원에 실려 갈 때까지 그걸 잃어버리지 않고 소중하게 챙길 자신이 없었다.

사뭇 강편치

문지상은 사람의 속을 긁어 놓는 잔소리를 하는 데에는 타고났다. 아마 태어날 때도 응애응애 대신 어이 어머니, 복근에 힘을 좀 더 주시라고! 아니, 복근에 힘을 주라고 했더니 숨을 왜 참으셔? 숨 안 쉬면 죽어 어머니! 숨을 참는 게 아니라 배의 근육에 힘을 주라고, 근육에! 라는 훈수를 늘어놓았을 것이다. 그 밑에서 몇 년이나 선수 생활을 했다는 선배들이 다 성격파탄자인 게 너무 당연했다.

5년 전에 운동을 시작했다. 한 번도 가진 적 없는 전신 거울을 체육관에서는 맘껏 바라봐도 되었으니 그렇게 즐거울 수가 없었다. 집에선 거울에 몸을 조금 비춰 보기만 해도, 애가 발랑 까져서 벌써부터 멋을 부린다며 난리가 나는데. 딸을 선수로 키워 보고 싶다는 지상에게 현진의 아빠는 말했다. 여자애가 조신하게 다녀야지 무슨 주먹질입니까, 안 돼요. 지상은 대꾸했다. 주먹질이 아니라 복성입니다, 아버님. 그거 아십니까. 비뚤어진 요즘 애새끼들 인성 바로잡는 데는 무도(武道)가 최고입니다, 라고. 그렇게해서 결국 일단 선수 준비를 시작해 보라는 승낙을 얻어 냈다. 그게 현진이 열한 살 때의 일이었다.

현진은 지금 열여섯. 목이 마르고 배가 주리는 하루하루에 너무나 익숙해진 열여섯. 입가에 허옇게 침이 끼고 입술은 다 부르튼 열여섯. 다들 급식 먹으러 갈 때 혼자 닭 가슴살 덩어리를 씹어야 하는 열여섯. 그래서 다른 애들이 급식실에서, 그리고 후식으로 아이스크림을 먹으러 간 매점에서 무슨 이야기를 나눴는지 알 도리가 없어 뒤처지기만 하는 열여섯. 2주 동안 7kg을 뺐다. 올해의 두 번째 대회인 선수권은 일주일 뒤로 다가왔고, 빼야 할 체중은 2kg이 남았다.

어제 수연은 스파링을 끝내고 링에서 내려오자마자 정수기로 돌진했다. 오아시스를 찾아 뛰는 버펄로처럼. 그러더니 텀블러에 물을 가득 담아 몇 번을 원샷했다. 아마 모르긴 몰라도 2L는 마셨을 것이다. 체중 역시, 그새 2kg이 늘었을 테고. 헤드기어를 벗은 현진은 수건으로 그 안쪽에 그득 찬 땀을 살살이 닦아 내면서 수연의 광야 같은 등짝을 노려보았다. 섀도우를 하러 링으로 올라온 민수 오빠가 현진의 젖은 머리를 잠시 쓰다듬어 주려던 찰나 수연의 옆에 있던 지상이 고개를 돌려 말했다. 야, 임현진 이 새끼야, 너 링 줄에 기대지 말라고 몇 번을 말하냐! 새끼가 말을 하면 들어 처먹어야지 원⋯. 너 이 새끼야, 갈수록 기고만장해져? 어?

지랄⋯. 현진은 입 모양으로만 중얼거리며 링에서 내려왔다. 아까 수연을 맘껏 두들겨 패긴 했지만 하나도 성에 차지 않았다. 배가 너무 주려서, 목이 바짝바짝 타서 전완근에 힘을 하나도 싣지 못했기 때문에 아마 그렇게 아픈 주먹은 아니었을 테다. 심지어 지금은 현진이 수연에 비해 몸무게도 훨씬 적게 나가니까. 그런데도 수연은 자기 팔뚝에 난 벌겋게 쓸린 상처들을 이리저리 살펴보며 울상이었다.

얼씨구, 가드는 잘도 올렸나 보네, 머리 맞기 싫

사뭇 강펀치

어서. 언제나 그랬듯 수연의 주먹은 하나도 아프지 않았다. 뭐, 거의 스치지도 못했지만. 그렇게 느린 주먹을 가지고 선수 행세를 하는 건 그야말로 무양심이라고 현진은 항상 생각해 왔다.

수연이 복싱화 끈을 풀기 위해 허리를 굽혔다. 운동복 위로 둥그런 배의 실루엣이 고스란히 드러났다. 현진은 두 손을 가만히 자기 배에 올려 보았다. 갈비뼈와 상하복근이 모두 선명히 드러나는 얇은 배. 멋모르는 누군가는 멋지다고 걸 크러시 운운할 테지만 정작 자신은 원한 적 없는 납작한 배. 감량할 때면 어김없이 팬티에 피가 끊이지 않고 비쳤다. 생리가 멈춰서 오히려 편해지는 여자 선수들도 많다는데, 현진에겐 그런 운마저도 없었다.

수연이 숙이고 있던 고개를 들었다. 현진과 그대로 눈이 마주쳤다. 수연의 입술이 둥그랗게 말리는 걸 보았다. 소리 없이 입 모양으로만, 수연은 말했다.

왜.

꼽냐?

윤서

3학년이 되고 처음 이모에게 새 짝꿍의 이야기를 했던 날, 이모는 혀를 끌끌 찼다. 아직도 예체능 애들을 그렇게 방치하는 학교가 있다고? 나 학교 다닐 때보다 발전한 게 없구만?

그니까 이모, 걔는 학교 와 가지고 그렇게 맨날 옆에서 자기만 한다니까.

근데 짝꿍이 그 지경인데 너는 괜찮니? 원래 옆에서 처자면 같이 졸린 법인데. 공부가 돼?

방해 안 돼, 노잼인 얘기 하면서 떠드는 것보다야 낫지 뭐. 윤서는 그렇게 대답했는데 반은 진실, 반쯤은 거짓이었다. 현진이 노잼인 얘기를 하지 않아서 좋은 것은 진실, 현진이 방해가 되지 않는다는 것은 새빨간 거짓. 온종일 현진을 관찰하느라, 칠판 앞에서 새된 목소리로 떠드는 어른들의 목소리가 들려오지 않았다.

사뭇 강펀치

괜찮아? 정말? 너 진짜, 너무 힘들어 보여.

현진은 하얀 애였다. 그거 말고는 더 적확한 표현을 찾을 수가 없다. 3학년 교실에 처음 발을 디뎠을 때 윤서는 현진이 있는 쪽에 형광등 백 개 정도가 동시에 켜져 있는 줄 알았다. 아주 짧게 자른 머리 덕에 고스란히 드러난 현진의 볼에 엄지와 검지를 얹고 쫙쫙 늘려 보고 싶다는 생각을 윤서는 자주 했다. 모찌나 찹쌀떡 같은 흔한 묘사로는 다 표현할 수 없을 만큼 말랑말랑해 보이는 볼이었다. 처음 소원을 이루었을 때 윤서는 자기도 모르게 이야! 하고 탄성을 질렀다. 현진의 볼은 흰 피자 치즈처럼 끝없이 늘어났다.

그런데 첫 시합이 있던 4월 한 달 내내, 그 볼이 어디론가 사라지면서 현진의 얼굴은 완전히 달라졌다. 볼이 움푹 패고 광대뼈에서 내려온 검은 그림자가 그 위에 드리워졌다. 눈이 쑥 들어가고 입술에 허옇게 각질이 일어나 보기 흉했다.

4월의 마지막 조회가 열리던 아침, 시상 순서가 되었을 때 윤서는 박수연이란 애를 처음 보았다. 현진과 수연 모두 각자의 체급에서 1위에 올랐다고 했다. 연단 위에 올라선 둘의 키가 거의 머리 하나쯤 차이 나서, 눈을 비비고 다시 보았다. 뭐야? 연단 위의 상황에는 하등 관심을 주지 않고 그저 시끄럽게 떠들기 바쁜 친구들 사이에서, 윤서는 미간을 잔뜩 찌푸렸다. 아주 마르고 키가 껑충한 현진과, 키가 작고 둥그런 몸의 수연. 야, 쟤는 복싱이 아니라 역도 아니냐 역도? 옆 반 남자애가 낄낄대는 소리가 들려서 손가락으로 귀를 후벼 팠다.

그날 밤엔 잠이 오지 않아서 침대에 누워 인스타그램을 한참 돌아다니다 수연의 계정을 발견했다. 염탐이나 좀 할까, 하는 마음이 들었던 것은 현진의 옆에서 여름 해처럼 활짝 웃고 있던 그 애의 얼굴이 생각나서였을 것이다. 혹여나 엄지를 잘못 놀려 흔적을 들킬까 싶어 아주 조심하며, 사진들을 하나하나 보았다. 첫 번째 사진은 조회 시간에 받았던 그 상장과 메달을 올린 사진. 좋아요 120개. 두 번째 사진은 어른 셋과 함께 링 위에서 우스꽝스럽게 주먹을 내미는 포즈를 하고 찍은 사진. 부모님이 평일인데도 충주까지 날 보러 오셨다! 올해 첫 대회 좋은 성적으로 마쳤습니다, 내가 세상에서 가장 믿고 의지하며 사랑하는 분들에게 기쁨을 드리게 해 주신 감독님 항상 감사합니다, 하고 하트 다섯 개. 좋아요는 96개. 세 번째 사진은 자기 집에서 찍은 사진이었는데 대박, 이란 말을 참을 방법이 없었다. 층계가 있는 걸 보니 일단 이층집. 층계 옆의 벽에는 Lovely SY's Home이라는 문구가, 아니 문구라기보단 차라리 간판이라고 불러도 될 만큼 큰 무언가가 걸려 있었다. 그 간판 앞에서 강아지를 품에 안은 채 카메라를 향해 깜찍한 표정을 짓고 있는 수연을 바라보다가 윤서는 자기도 모르게 낮은 목소리로, 졸라 금수저네… 라는 말을 내뱉었다. 좋아요, 193개.

사뭇 강편치

부럽다. 금수저에, 전국 1위에. 부럽다, 잘하는 게 있어서. 앞날이 정해져 있어서. 이렇게 잠이 오지 않는 밤이면 자꾸만 그런 생각을 하게 되는 것이었다. 나는 이 세상에 왜 태어난 걸까? 앞가림은 제대로 할 수 있을까? 나는 대체 뭘 잘할까? 태어났으니 대충 어영부영, 재활용도 안 되는 컵라면 용기 정도의 일만 하다 죽게 될까? 윤서에겐 졸릴 때 자기도 모르게 혀를 깨무는 버릇이 있었는데 그날엔 새벽 4시가 다 되도록 혀를 깨물지 않았다.

○

쟤가 박수연이 맞나? 한 300번쯤을 몰래 바라보다가 얼굴에 철판 깔고 말을 걸었을 때 수연은 아주 활짝 웃었다. 윗니의 개수를 셀 수 있을 정도였다.

스터디 카페에 자주 와?

자주는 아니고 지금처럼 시험 기간에. 집에 사실 독서실 책상도 있긴 한데 집에선 그거 있어도 공부가 안 돼.

너는 예체능인데 공부도 하네.

아빠가, 예체능일수록 더 열심히 공부해야 된다고 엄청 쪼거든. 무식해 보이면 안 된다고.

고등학교는 어디로 갈 건데?

체고 갈걸? 메달 지금 몇 개 있으니까. 올해 몇 번만 더 따면 돼. 그리고 대학교는 서울대 체교나 고

대 체교 목표로 하라고 엄마가 그랬는데.

대박이다, 너 공부도 잘해?

아니 막 엄청 잘하는 건 아닌데. 근데 아무래도 체대 쪽은 좀 커트라인이 낮을 거라고 해서. 사실 운동 처음 시킨 것도 그래서일걸?

언제 처음 시작했는데?

열 살 때.

와, 그때부터 대학 생각?

그때부터 입시 설계 안 하면 어영부영하다가 망한대. 아빠가 그랬어.

그렇다면 아무 설계 없이 벌써 열여섯이 된 나는, 이미 망해서 돌이킬 수 없는 건가 봐. 수연과 헤어져 따로따로 자리에 앉으면서, 윤서는 왠지 책상을 한번 뒤집어엎고 싶어지는 마음을 참아야 했다. 난 고등학교도 어디 갈지 모르겠는데. 쟤는 벌써 대학까지 다 생각해 놓고.

근데 그럼 임현진 걔도 이런 생각 하면서 운동하는 걸까? 설마… 걔는 수업 시간에 맨날 자잖아? 비쩍 말라서 힘도 없이…. 누굴 때릴 수는 있을까, 그렇게 굶으면서? 꼭 공부할라치면 머릿속이 생각으로 가득해지는 것이었다. 난 너무 착해서 탈이야, 맨날 남 걱정만 하고. 윤서는 그렇게 혼잣말을 하곤 누가 들었을까 싶어 목을 한껏 움츠렸다.

사뭇 강펀치

현진

메달을 집에 가져갈 때면 아빠는 언제나 똑같은 말을 했다.

근데 그거 해서 뭐 먹고 살래? 머리는 왜 그렇게 짧고, 걸음은 왜 그렇게 건들거려? 여자애가.

계체를 할 땐 겉옷을 모두 벗고 브래지어와 팬티 차림으로만 서야 하는 걸 아빠는 영영 모르겠지. 아는 순간 어디서 여자애가… 라며 펄펄 뛰겠지. 진행 요원의 오케이 사인을 받으면 비척비척 내려와 다시 옷을 입고 더플백을 챙긴다. 집에서 속옷을 한가득 챙겨 오면 가방이 바위만큼 무거워진다. 힘들어도 그렇게 해야 한다. 모든 것에 서툴렀던 한겨울의 첫 신인 선수권 대회 참여 이후 얻은 교훈이다. 정식 대회장이니까 생활체육 시합장과는 다르게 샤워장 정도는 있겠지 하고, 최대한 단출하게 짐을 챙겨 내려간 게 문제였다. 시합을 뛰고 땀으로 범벅이 된 채 샤워장을 찾아 들어갔는데 샤워기며 수도 꼭지가 온통 벌겋게 녹슬어 있었다. 온수는 전혀 나오지 않았다. 씻고 싶다는 일념 하나로, 제자리에서 방방 뛰면서, 으아악- 씨발씨발- 하고 소리를 지르며 샤워기에서 쏟아지는 얼음장 같은 물을 온몸으로 맞았다. 물이 너무 차서 비눗기가 제대로 씻기지 않아 몸이 미끌미끌했다. 그걸 나중에야 안 지상은 버럭 화를 내며, 다시는 그러지 말라고 옥박질렀다. 이 겨울에 찬물로 씻게 내버려 뒀다고 소문나면 내가 욕먹는다고 지상은 말했다. 감기 걸려, 가 아니고 내가 욕먹어, 라고. 샤워는 무슨 샤워야? 라고. 그로부터 2년이 지난 지금 역시 그 어떤 대회장의 샤워실에서도 온수는 나오지 않았다. 땀 냄새가 날까 봐 속옷만 대충 갈아입은 채 숙소에 도착할 때까지 땀에 전 상태로 온종일을 지내야 했지만 이젠 익숙했다.

그렇게 몇 번의 경기를 뛰는 동안 받아 온 메달들은 벽에 걸어 놓을 수 없게 된 지 오래였다. 중학교 2학년 때의 담임 때문이었다. 아버님, 현진이가 학교에서 내내 자기만 하고 저희와는 눈을 맞추지 않는데 혹시 마음에 상처나 아픈 부분이 없는지 아시는 점이 있으실까요? 혹시 엄마가 없는 게 아이 정서에 영향을 많이 미칠까요? 그런 면담을 하고 왔던 그날부터였다. 아니, 들을 필요가 없는 수업들이라 그냥 엎드려 있던 걸 가지고… 담임이 자꾸 입 냄새를 내뿜고 침을 튀겨서 기분이 나빠 눈을 깔았을 뿐이었던 걸 가지고… 상처? 정서? 기가 찼다.

사뭇 강편치

더 심각한 건 아빠가 그 말을 믿는다는 거였다. 운동 그만 시키겠다고 말하는 아빠의 양쪽 발목에 지상과 자신이 대롱대롱 매달렸던 그날이 아마, 지상과 현진의 팀플레이가 가장 잘 이루어진 날이 아니었을까.

당장에라도 모든 것을 때려치울까 싶어질 땐, 민수 오빠와 벌벌 떨며 서로의 손목을 어루만지고, 정수리를 살살 쓰다듬다가 나란히 옷을 벗어 알몸으로 서로를 마주한 4월의 밤을 생각하며 버텼다. 일주일간의 시합 기간 동안 묵은 모텔 뒤에 있던 나지막한 언덕에서였고 둘은 모두가 잠들어 있는 모텔을 몰래 나온 참이었다. 민수는 울며 손을 들어 현진의 등을 만졌다. 현진의 가슴팍이 마구 조여들고 아팠다. 멍 때문이었을까, 아니면 떨려서였을까.

나는 졌으니까 맞았다 쳐. 근데 너는 왜 맞았어, 왜 너는. 내일 시합인데 왜 맞았어.

나는 이래야 정신 차려서 시합 잘 뛴다고 그랬어, 문지상이.

왜 여자애를 때려, 씨발.

지는 게 더 낫냐 아니면 좀 맞고 이기는 게 더 낫냐 고르라고 그랬어.

언젠가 죽여 버릴 거야, 운동 그만두면. 운동 그만두면 바로.

그런 말 하지 마. 문지상 없으면 누구 밑에서 선수 해. 나는 문지상 만나서 이 정도 올라온 거란 말이야. 무재능인데 그나마 잘 배워서 올라온 거란 말이야.

너 지금, 문지상이 평소 하는 말 그대로 복사한 거 알지.

그 밤에 첫 키스를 했다. 민수를 좋아하기 시작했던 날부터 수천 번을, 저 오빠랑 키스를 해 보면 어떨까 상상했는데, 그러면서도, 키스를 이미 해 본 친구들이 환상 가지지 말라며 투덜대는 말들에 수긍하는 척 고개를 끄덕였는데… 상상보다 몇천 배는 더 좋았다. 다음 시합 때도 여기 와서 별 보자. 민수의 그 말 때문에 쫄쫄 굶다가도 얼른 시합 날이 되었으면, 언덕이 있는 그 동네로 봉고차 타고 내려갔으면, 하는 마음이 들었다.

시합이 일주일 남았는데 민수가 갑자기 나오지 않았다. 민수 운동 그만뒀대. 여자 탈의실에서 성인부 언니가 말했다. 감독님이 그러던데, 허리 디스크라고.

허리 디스크라니, 문지상 이 미친 새끼, 사기를 쳐도 유분수지. 그날 혼자 한강 변에서 로드워크를 뛰며 엉엉 큰 소리로 울었다. 어제도 민수는 팔다리에 힘이 빠진다는 현진을 업고 걸었다. 그런 사람이 갑자기 허리 디스크에 걸렸다고? 어떻게 저토록 뻔뻔하지?

나 운동 좀 쉬어야 할 것 같아. 어제 민수가 남긴

사뭇 강편치

메시지였다. 병원 다녀왔어. 공황장애래. 웃기지. 너
한테 그렇게 센 척했는데. 미안해.

　엉엉 큰 소리를 내며 울었지만 씽씽 달리는 자전
거족들이 틀어 놓은 음악 소리나 피크닉 매트를 펴
놓고 그 위에서 떠드는 사람들의 외침 덕분에 아무
에게도 들키지 않을 수 있었다. 민수 역시 증세를
아무에게도 들키지 않았기 때문에 이런 일이 벌어
진 거겠지. 로드워크를 다 뛰고 물 한 모금 마시지
못한 채 다시 도로 위로 올라온 현진은 그 몇 달 전
자기를 안으며 민수가 했던 말을 고스란히 되새겼
다. 언젠가 죽여 버릴 거야.

윤서

너희 이모, 기자라 했지.

이모에 대해 지나가듯 했던 말을 현진이 기억하고 있을 줄은 전혀 몰랐다. 언제 이야기했더라? 현진에게 이모 이야길 따로 한 적이 있었나?

응, 어떻게 알았어?

네가 저번 국어 시간에 발표하면서 말했잖아. 이모가 기잔데 맨날 기사 쓸 거리 없냐고 너한테 투정 부린다고.

아, 맞다. 윤서는 이제야 기억했다. 매일 엎드려 있던 현진이 그걸 다 들었다니, 항상 잠을 자고 있던 건 아니었나 보았다.

있잖아, 너희 이모 나한테 소개 좀 해 주면 안 돼?

응?

사뭇 강편치

기사 하나 써 달라고 하면 안 돼?

뭐… 뭐에 대해서?

○

그 사람의 은퇴식만을 기다린다고 현진은 이야
기했다. 거기서 제가, 고별사라고 그러나? 그런 거
읽고 싶어요.

은퇴식? 비인기 종목에서도 은퇴식을 하는구나?
이모가 그렇게 묻는 바람에 윤서는 화들짝 놀라서
검지를 빳빳하게 세워 이모의 옆구리를 세게 후벼
팠다. 아야! 이모는 비명을 질렀다가, 뒤질래? 하고
입 모양으로만 말하는 윤서를 보곤 주먹으로 자기
머리를 치며 급하게 말을 고쳤다. 아아, 그래그래,
지금 팀만 해도 남자 넷 여자 셋 해서 일곱이라고
했지…. 그렇게 많은데 왜 비인기 종목이란 말을 했
을까. 내가 말실수를 했어, 정말 미안해, 미안해. 이
모는 짐짓 다정하게 사과하며 다시 물었다.

죽기 직전까지 패고 싶은 적이 많았다며. 그런데
도 은퇴식을 기다리는 건, 또 어떤 이유야?

죽이고 싶을 때도 많았지만 그 사람 없으면 저는
아무것도 안 하고, 못 되고, 그냥 꿈 없이 사는 잉여
가 되었을 테니까요.

윤서는 움찔했다. 이모는 무언가를 골똘히 생각
하는 표정이었다. 아마 이모라면, 이 대답을 어떻게

조몰락거려 어디에 연결해야 가장 강렬할지를 가늠하는 중이리라. 기사 하나 잘 써서 데스크의 인정을 한 몸에 받았다는 전설의 선배들, 그 이름들을 머릿속 전광판에 나열해 놓고 있을 것이리라. 이모가 잘 해낼 수 있을까? 이젠 데스크에서 면박 그만 당할 수 있을까? 윤서는, 하늘이 돕는다면 가능할 수도, 라고 결론 내렸다.

이모의 손을 잡고 돌아오는 길에 윤서는 말했다.

이모, 일단 나는 최선을 다해 도왔어. 이 은혜 잊으면… 알지?

알지.

이런 거 가지고 좋은 기사가 나와?

여기저기 더 알아봐야지. 어쨌든 증인이 확실히 있으니까 생생한 말을 담은 기사를 쓸 수 있을 거야. 그냥 조사에서 끝나는 딱딱한 기사가 아니라. 사람들이 이런 걸 알아야지. 앞날을 담보로 폭력을 휘두르는 어른들이 있단 거. 그것이 당연하게 여겨지는 판이 있다는 거. 알아야지, 그래야 바뀌지.

맞는다는 것도 충격인데 돈 얘기도 좀 놀라웠어. 나, 걔 알거든. 부모가 코치한테 돈 준다는 애. 다른 반인데 몇 번 대화해 봤어. 집도 잘살고. 공부도 많이 시킨대.

근데 있잖아, 잘사는데 왜 두들겨 맞는 운동을 하지? 그 부모는 딸이 두들겨 맞는데 마음이 안 아픈가? 다른 운동을 시킬 수도 있는데 왜 꼭 복싱일까?

사뭇 강편치

그러게.

참, 알 수 없네. 원래 복싱 하면 헝그리 정신인데. 이상하네. 이모는 윤서의 어깨에 팔을 둘렀다. 이상해, 그것도 참.

현진

'인권 사각지대'로 전락한 청소년 스포츠계… "폭행은 매일, 촌지는 수시". 기사 전체를 읽었을 때, 현진은 이대로 발밑이 푹 꺼져 지구 내핵까지 추락해 버리는 게 낫지 않을까 생각했다. 익명으로 보호해 주겠다는 다짐을 분명 열다섯 번은 받았다. 그 아줌마가 이름만 안 쓰면 익명을 보장한 줄 아는, 그런 멍청하고 책임감 없는 작자일 줄은 몰랐다. 기자라고해서 윤리 의식도 있고 머리도 잘 돌아갈 줄 알았는데. 본문에 현진의 이름은 나오지 않았지만, 적어도… 적어도 복싱계의 사람이라면 누가 봐도 알 터였다. 지상에 대해 까발린 '주먹을 단단하게 쥐는버릇이 있는 깡마른 체구의 여자 중등부 복싱 선수 A양(15)'이 현진이라는 것을. 심지어, 제가 어디서들은 건데요, 라며 현진이 전했던 말들 역시 모두 현진 자신이 직접 경험한 것처럼 비틀어 써 놓았다.

사뭇 강편치

현진아, 너 미쳤냐.

민수에게 카톡이 몇 개씩 도착했다.

너 문지상 얼굴 어떻게 보게? 너도 운동 그만두려고 그러는 거야?

오빠도 그 인간 죽이고 싶다며.

그거랑 이건 별개지. 왜 나한테 미리 말 안 했어. 너 이러면 뭐가 바뀔 것 같았어?

2층으로 올라가는 몇 안 되는 계단이 지옥으로 향하는 길처럼 느껴졌다. 지금이라도 몸을 돌려 내려가면 지상의 얼굴을 다시는 보지 않을 수 있었다. 지긋지긋한 굶주림도 목마름도 끝낼 수 있었다. 그래, 지금 몸을 돌려 내려가도 아무 문제가 없…

지 않았다. 그럼 무얼 하고 살 것인가. 학교에선 내내 자고, 시험 볼 땐 한 번호로 찍고, 아빠에게 운동으로 성공할 테니 잔소리하지 말라고 떵떵거린지 오래였다. 그만두면 뭐 해서 먹고살 것인가. 내가 이거 말고 뭘 잘하나. 먹고 자고 운동하는 것 말고 뭘 배운 적이 있던가.

문제가 아주 많았다, 아주아주.

심호흡을 열 번쯤 하고, 체육관 문을 열었다. 등 그렇게 앉아 땅바닥만 보고 있던 사람들이 일제히 고개를 들어 한 눈으로 현진을 바라보았다. 모두 어깨가 둥그렇게 바짝 말려 있었고, 거북목 증세가 심각했다. 가드를 올리기 직전, 웅크린 자세. 그게 몸에 배어 이상해진 실루엣들의 집합이었다. 아무도 현진에게 인사를 하지 않았다. 아는 척도 하지 않았다. 그냥, 그렇게 앉아 있을 뿐이었다.

수연이 일어나서 천천히 걸어왔다. 그러더니 턱을 들어 사무실 쪽을 가리켰다.

감독님이 사무실로 들어오래.

그러더니 등을 돌린 현진의 귀에 대고 말했다.

너 그렇게 남의 이야기 허락 없이 여기저기 하고 다니는 거 아니야. 혼자 영웅 되려고 그렇게 맘대로 사람 파는 거 아니야.

사무실 문을 두드렸다. 아무 대답이 없었다. 어쩔 바를 모르다가, 다시 한번 두드렸다. 그러자 벌컥 문이 열렸다. 문 안에서 커다란 손이 나오더니 현진의 팔을 잡고 안으로 훅 끌어당겼다. 현진은 놀라 악 소리를 내었는데 그와 동시에 누군가 체육관 오디오로 쿵쿵대는 클럽 음악을 틀었다. 그 비트에 맞추어 서로 길이가 다른 줄넘기들이 일제히 춤을 추기 시작했다. 바닥에 줄이 부딪히는 착착 소리가 경쾌했다. 사무실 안에서 나는 소리가 거기 잡아먹혔다.

모두가 훈련을 끝낼 때까지 현진은 사무실에서 나오지 않았다. 다들 서로 눈치만 보다가, 자기 가방에 슬금슬금 짐을 챙겨 어깨에 둘러메었다. 샤워 안 해? 누군가 묻자 다른 누군가 잇새로 새끼야, 눈깔이 있으면 눈치 좀 챙겨, 하고 내뱉었다. 감독님한테 인사… 안 하고 가도 되는 거냐? 누군가의

사뭇 강펀치

의문에는 모두 잠시 정적을 지키더니, 야, 카톡 드리자 카톡, 하고 결론을 냈다. 다들 잠시 더플백을 내려놓고 일제히 핸드폰을 손에 쥐었다. 감독님 먼저 들어가 보겠습니다. 감독님 사랑합니다. 감독님 내일은 더 열심히 훈련하겠습니다! 수연은 힘내라는 투의 이모티콘을 여러 개 날렸다.

윤서

왜 내 눈을 피하지? 기사가 나온 다음 날 학교에 간 윤서는 안절부절못하는 마음을 가눌 수가 없었다. 현진에게 몇 번이나 말을 걸고 장난을 쳤는데도 아무런 반응이 오질 않아 당황스러웠다. 학교에 가면 현진이 후련한 표정으로 앉아서 기사 잘 읽었다고 말할 거라 생각했는데. 윤서 네 덕에 소원 풀었다고, 고맙다고 말할 줄 알았는데.

야.

결국 반나절이 지나고 나서야 윤서는 현진을 툭 쳤다.

야, 무슨 일 있어?

그러자 현진이 벌떡 일어나 그대로 교실을 나가 버렸다. 뭐야, 왜 저래… 하며 윤서가 다섯 발자국쯤 뒤를 쫓았다.

사뭇 강펀치

화장실 쪽으로 향하던 현진이 비칠비칠하다 매점 앞 복도에서 바닥으로 푹 고꾸라졌을 때, 윤서는 자기보다 키가 두어 뺨은 더 클 현진의 정수리를 처음 보았다. 현진의 머리카락이 조금만 더 촘촘하게 나 있었다면 발견하지 못했을 것. 그거 알아? 안 먹으니까 머리카락도 빠져. 스파링 하고 헤드기어 벗잖아? 머리카락이 막 빠져서 거기 착 달라붙어 있다? 머리 말릴 때도 무슨 고양이 털 뿜듯이 머리카락이 날아다녀. 현진이 그렇게 말했을 땐 아휴, 어떡해! 하며 팔뚝만 찰싹찰싹 때렸는데… 현진이 그런 고생을 하지 않았더라면 평생 몰랐을 수도 있었다.

허연 색깔이어야만 하는데 빨갛고, 또 시퍼런 정수리.

애들이 소리를 지르며 현진의 주위로 빙 둘러섰다. 윤서에게도 외마디 소리가 나오는 것을 막을 방도는 없었다. 다만, 현진을 피해 멀찍이 서는 대신 몸을 낮춰 이상한 자세로 엎드린 현진의 어깨를 잡고 그 몸을 자기 몸으로 최대한 덮었다. 어떻게 해야 할진 정말 하나도 모르겠는데, 그런데 현진이라면 모두에게 이토록 무력한 등을 보여 주고 싶어 하지 않을 거라는 건 알았으니까.

야, 구경만 하지 말고 아무 샘이나 좀 불러와! 라고 외치려는데 빽빽한 아이들의 머리 사이로 수연의 얼굴이 보였다. 수연은 윤서와 눈이 마주치자마자 급히 사라졌다. 선생님은 안 오는데, 매점 아주머니가 먼저 달려왔다. 애야, 애! 아주머니와 윤서

가 힘을 합쳐 현진을 제대로 뉘어 놓았다. 아주머니
는 차가운 얼음 컵으로 현진의 몸 여기저기를 문질
렀다. 윤서는 현진의 부러질 것 같은 손목을 보다가
자기도 모르게 하복 셔츠 안쪽으로 눈길을 돌렸다.
현진은 항상 안에 검은색 티셔츠를 받쳐 입곤 셔츠
의 단추를 풀어 젖힌 채로 다녔는데 오늘은 담임에
게 혼쭐이 나서 티셔츠를 뺏기고 셔츠 단추를 가슴
끝까지 꼭꼭 채운 참이었다. 너무 말라서, 오픈칼라
아래로 몸이 훌렁 드러나 보였다. 이상하지. 목 아
래쪽부터 가슴을 향해 내려가는 저 빨갛고 시퍼런
자국은 뭘까. 마치 두껍고 딱딱한 무언가로 힘껏 누
른 듯한 자국. 정수리의 자국과 색이 같았다. 내가
뭘 본 걸까, 싶어 고개를 돌렸을 때 윤서는 아주머
니가 자리를 비운 매점에서 몰래 작은 크기의 군것
질거리들을 셔츠 속에 숨기곤 후다닥 자리를 뜨는
아이들을 몇 보았다. 다 모르는 애들이었다.

◌

이모는 어리둥절한 표정이었다.

왜 갑자기 놀이터로 나오래.

긴히 할 얘기가 있어서.

긴히라는 단어도 아네, 우리 윤서가.

이모, 나 지금 장난하는 거 아니야. 윤서가 얼굴
을 찡그리자 이모가 느물거리던 표정을 조금 고쳤
다. 왜, 무슨 일인데 이렇게 심각해.

사뭇 강펀치

윤서는 시간을 되돌리고 싶었다. 가능하기만 하다면. 현진에게 잘 보이려고 하지도 말걸. 현진에게 말도 걸지 말걸. 그 애가 왜 그렇게 말라 가는지, 왜 저렇게 꺼칠해지는지 궁금해하지도 말걸. 흰 얼굴을 보고 볼을 만지는 것도 좋아하지 말걸. 그러나 일은 이미 벌어졌고, 현진은 이모가 잘못을 알아야 한다고 생각했다.

이모, 데스크에서 뭐래. 기사 잘 썼대? 사람들이 좀 많이 본대?

뭐 그냥, 적당히. 솔직히 대서특필 정도는 아니지만, 사람들이 꼭 알아야만 하는 이야기이긴 했으니까. 잘 썼다고들 했지. 이런 기사가 좀 많이 나오고 읽혀야 뭔가 변하기라도 할 텐데.

이모.

응?

근데 현진이, 그 기사 때문에 인생 망한 거 알아? 이건 어떻게 해결해?

뭐?

복싱 판에 있는 사람들은 기사 보자마자 다 알아본대. 현진이라고. 이름 나온 거나 마찬가지래.

나는 최대한 알아볼 수 없게 했는데, 윤서야. 잘못을 까발릴 때 위험 부담을 아예 안 질 순 없어. 개도 그걸 알고 부탁했던 게 아닐까? 그저 자기 괴롭힌 감독한테 복수하자고 이모를 부른 건 아닐 거 아니야, 그치? 현진이도 그런 공익 제보를 할 땐 분명

히 각오를 했어야지.

공익… 제보? 이모가 걔의 정수리나 가슴팍을 보지 못했기에 저런 소리를 할 수 있는 거라고 윤서는 생각했다.

이모도 무책임한 어른이구나.

윤서야, 말이 심하다.

아냐. 내가 하고 싶은 욕 반의반도 못 했어. 이모, 걔가 어떤 앤지 알아? 엄마는 이혼한 다음에 단 한 번도 연락한 적이 없고 아빠는 얼른 커서 돈 벌라는 말이나 해. 걔가 왜 감독한테 쩔쩔맨 줄 알아? 걔가 맨날 1위 하니까 감독이 훈련 비용 절반으로 깎아 줘서 그래. 장비 살 돈도 없어서 체육관 공용 장비만 썼는데 고모가 큰맘 먹고 사 줘서, 그래서 처음 장비 생겼다. 다른 애들은 다 마우스피스 치과에서 맞추는데 자기만 만 원짜리 싸구려 써서 맨날 잇몸에서 피가 줄줄 나온대. 걔 그러면서 운동하는데, 이모가 그렇게 번지르르한 말만 하고 무책임하게 기사를 써 대니까 그것마저도 못 하게 생겼잖아, 걔가.

현진에게선 밤새 답장이 없었다. 현진에게는 SNS 계정도 없었다. 그리고 다음 날 학교에 가 보니, 현진은 자기 자리에 없었다. 현진이 어디 갔어요? 담임에게 물었는데 담임은 시큰둥하게 말했다. 대회 준비를 하시느라 학교엔 못 오시겠단다.

그렇게 쓰러진 애가 대회 준비? 복도로 나오는데 속이 부글부글 끓었다. 아마 자기 옆에 묶어 놓고

사뭇 강편치

어떤 말도 못 하게, 어떤 행동도 못 보여 주게 만들려는 감독의 수일 터였다.

그래서, 윤서는 무슨 일이 벌어진 건지 직접 알아보기로 했다. 이모가 진 빚을 갚기 위해서라도 그래야만 했다.

◯

가장 먼저 해야 할 것은 시합 날짜와 장소를 알아내는 일이었다. 시합 날 현진이 제대로 된 모습으로 나타나기만 해도 조금은 안심이 될 것 같았다. 그런데 그런 종목 대회에 대한 정보는 어딜 가야 알아낼 수 있는 걸까? 한참 동안 네이버를 떠돌며 헤매다가 마침내 2002년쯤의 홈페이지처럼 생긴 협회 사이트를 찾아냈다. 시합 공지가 간간이 올라오고 있었다.

6월 16일부터 일주일간, 충주. 윤서는 공지를 확인하곤 그 아래에 있는 4월 시합 결과를 확인했다.

응?

여자 중등부 -51kg의, 임현진, 예선과 결선 모두 판정승.

여자 중등부 -60kg의, 박수연. 아무런 표시 없이 혼자 덩그러니 하얀 화면 위에 그 이름이 떠 있었다.

윤서는 그 아래의 대회 결과도 보았다. 작년 12월. 아직 현진을 알기 전이었다.

여자 중등부 -51kg의 임현진, 예선과 결선 판정승. 여자 중등부 -60kg의 박수연, 이번엔 누군가와 이어져 있었지만 상대방의 기권으로 승리했다.

작년 9월에도, 6월에도, 그리고 4월에도 계속 그랬다. 현진은 매번 예선과 결선을 치렀고, 수연의 상대방은 모두 기권했다. 그리고 재작년 12월의 신인 선수권 대진표에서 윤서는 둘의 이름을 마지막으로 보았다. 임현진과 박수연. 둘의 사이는 검고 굵은 실선으로 이어져 있었다. 체급은 -60kg이었다. 임현진 RSC승. RSC가 뭔지 몰라서 검색해 보았다. 한쪽의 일방적인 우세로 인한 경기 중단이었다.

둘이 붙은 적이 있다고? 윤서는 한참 RSC란 글자를 들여다보다가, 각자의 이름 아래 쓰여 있는 글자로 눈을 돌렸다. 괄호 안의 글자는 소속 체육관 이름이었다. 임현진의 소속은 내내 동표권투. 박수연의 소속도 동표권투였다. 둘이서 붙었을 때만 제외하고는. 그때 박수연은, 맥시멈복싱이란 글자를 달고 있었다.

○

속담 같은 거 진짜 잘 모르지만, 그래도 호랑이를 잡으려면 호랑이 굴에 들어가야 한다고들 했다. 체육관의 문을 열고, 저, 상담 왔는데요, 라고 쭈뼛거

사뭇 강펀치

리고는 사무실로 안내받아 자리에 앉기까지 내내 윤서는 눈을 어디에 둬야 할지 몰라서 일부러 더 두리번거렸다. 지독한 땀 냄새, 팡팡 샌드백 두들기는 소음, 링 줄을 붙잡고 서서 고래고래 소리를 지르는 시뻘건 얼굴의 아저씨, 그리고 우스꽝스럽게만 보이는 급소 보호대를 하체에 두른 채 서로를 때리고 있는 남자들.

박수연? 걔는 왜 갑자기? 아는 사이니?

배우 마동석을 똑 닮은 맥시멈복싱의 관장이 커다랗고 시커먼 얼굴을 부담스럽도록 가까이 들이밀며 묻길래 윤서는 한번 도박을 걸어 보았다.

정심중 다니는 박수연 여기 다녔던 거 맞죠? 동표권투로 옮긴 애요.

마동석이 한쪽 눈썹을 쓱 올렸다.

걔랑 사이가 안 좋아요. 걔가 운동 잘한다고 깝치고 다녀서 짜증 나요. 저도 운동해서, 고등학교 가서라도 붙어 보고 싶어요.

초딩 같은 소리 하지 말고, 애야. 걔 운동 오래 했어.

장난하는 거 아니에요. 저 운동 잘해요. 시켜 주시면 걔 이길 수 있어요. 걔 체육 시간에 보면 운동 신경도 안 좋단 말이에요. 전국 1위 맞아요?

내가 언제부터 이렇게 거짓을 잘 말하고 사기를 칠 수 있게 되었을까? 말투론 떵떵거렸지만 내내 가슴이 조마조마했다.

전국 1위라고 걔가 그래? 허. 마동석이 마구 웃었다. 대단하다, 박수연. 아니, 애새끼를 그렇게 감싸고 도는 부모가 대단하다고 말해야 하는지. 하여간 대단하네.

뭐가요? 윤서의 귀가 번쩍 뜨였다. 뭔가 있죠, 그죠? 걔 그렇게 잘하는 애 아니죠?

내 입이 방정이네. 아니야, 친구는 몰라도 돼.

그렇게 말 꺼내 놓고 모르는 척하는 게 어디 있어요, 진짜! 자기에게서 어떻게 이런 까랑까랑한 목소리가 나오는지 윤서도 모를 일이었다. 말씀해 주세요, 그래야 저도 마음을 제대로 먹고 등록해서 운동 시작할 거 아니에요, 관장님!

박수연이, 걔가 열 살 때부터 5년 가까이를 여기서 운동했어. 부모가 처음부터 선수로 키우고 싶다고 데려왔는데 아무리 봐도 선수 할 애가 아냐. 펀치를 타고나거나, 풋워크가 빠르거나, 체력이 좋거나, 리치가 길거나 정말 하다못해 담력이라도 있어야 하는데 그것도 아냐. 자기보다 머리 하나 작은 남자애랑 스파링 시켰더니 등을 돌리고 피하던 애라고. 그런데 그 부모는 막무가내야. 일단 시켜 달래. 못해도 애 기죽지 않게 잘한다고 칭찬하면서 지도해 달래. 어린애한테 벌써 넌 안 된다고 못을 박아 놓는 건 진정한 교육자의 자세가 아니라고 화를 내네? 그러니 뭐 어떡하나. 동네 학부모들 사이에서 소문 한번 잘못 나면 끝이니, 기는 수밖에.

사뭇 강펀치

그러다 중학교 1학년이 되니까 갑자기 연말 신인 대회에 내보내 달라는 거야. 나가 봤자 두들겨 맞을 게 뻔하니 절대 안 된다고 했는데도 말을 안 들어. 자기들 애는 할 수 있대. 거기 나가려면 체육관도 비워야 하지, 숙식비 들지, 얼마가 깨지는지 아느냐고 물으니까 다 대겠다고 대답하는 거야.

당연히 졌지. 걔 체급이 60인데, 60에 잘하는 여자애 하나 있다고 이미 온 체육관에 소문이 파다했거든. 1라운드에 배 한 번 제대로 들어가서 그대로 주저앉았어. 일어나지도 않더라고. 내가 것 보쇼, 하는 표정으로 돌아봤는데 그 부모들 얼굴이 있지, 자기 딸 맞았다고 걱정하는 얼굴이 아니어서 정말 깜짝 놀랐어.

무슨 얼굴이었냐면, 잔뜩 열 받은 얼굴 있지. 열 받아서 돌아 버릴 것 같은 표정 있잖아. 눈 위로 치켜뜨고 콧구멍 벌렁대고 입술 파르르 떨고 피부는 울긋불긋해진. 딱 그런 표정이어서, 내가 너무 놀랐지, 그런 부모는 처음 봤으니까. 아직도 눈에 선하네. 결국엔 두들겨 맞다가 심판이 경기 중단시켜서 졌어. 한 두어 시간 있다가 나한테는 일언반구도 않고 짐 챙겨서 애랑 나가는데, 자기네 차가 아니라 그쪽 차로 가고 있는 걸 보고 또 한 번 놀랐지. 그 상대편 애네 체육관 차 있잖아. 동표권투 차. 거기 가서 유리창을 두드리는 것까지 봤어. 그게 내가 본 박수연이랑 그 부모 마지막 모습이었지. 그리고 바로 동표권투로 옮겨 갔는데, 60에서 같이 붙었던 애가 그다음 대회부터 갑자기 51로 나오기 시작해서 사람들끼리 뒤에서 말이 좀 많았어. 왜 말이 많 았냐고? 당연하잖아, 이미 잘하는 애가 왜 갑자기 무리해서 살을 빼. 이유는 대충 보였지, 뭐. 같은 체 육관에서 한 체급에 둘을 내보낼 수가 없으니까. 그 러니 굶는 애만 불쌍한데 어떻게 할 수도 없어, 동 표권투 떠나 다른 데 가면 동표 관장이 거의 매장 시킬 텐데. 너같이 어린 친구는 잘 모르겠지만 운동 하는 사람들한텐, 특히 우리 같은 무도 종목엔 그런 게 있어요, 스승의 등에 칼을 꽂는 건 정말 금기라 는 분위기. 네가 보기엔 우습지? 아직도 그런 쌍팔 년도 마인드를 갖고 있단 게.

그런데요, 거기 가서 박수연이 무조건 1등 할 수 있을 거라고 생각한 건 또 무슨 자신감이었을까요?

이상하게 있지, 하면서 마동석이 입맛을 쩝쩝 다 셨다. 너무 열심히 이야기해서인지 입가에 생긴 거 품이 허옇게 말라붙어 있었다. 이게 진짜 수상한 건 데, 대진표가 나오면 수연이랑 붙는 애들이 무조건 기권을 해요. 참 이상하지, 이게. 걔는 처음 신인 대 회 나간 뒤로는 지금까지 경기를 한 적이 없어, 한 번도. 링에 올라간 적도 없어. 아, 저번에 들어 보니 까 자기 부모랑 같이 기념사진 찍으러 빈 링에 올라 간다는 이야긴 있었구나. 하여간 그렇단다. 어이쿠, 말을 하다 보니까 별 이야길 다 했네, 상담 온 손님 한테. 그런데 있지, 몇 달 등록할 거야? 세 달 하면 싼데, 여섯 달 하면 더 싸고. 이름이 뭐라고 했지?

사뭇 강펀치

정신을 차려 보니 이미 맥시멈복싱의 입관증을 손에 든 채였다. 그간 모은 소중한 세뱃돈이 그 입 싼 마동석의 목구멍으로 넘어갔다니. 윤서는 그제 야 발을 동동 굴렀다. 내 세뱃돈! 이미 엎질러진 물 이었다. 이왕 이렇게 된 거, 각 잡고 배우는 수밖에.

저도 시합 볼 수 있어요? 윤서의 물음에 마동석 은 유튜브에서 생중계를 해 준다고 대답했다. 현진 이 계속 학교에 오지 않는다면 그걸로 짝꿍이 잘 있 는지 확인할 수밖에 없었다. 답답했다. 가서 직관할 순 없나요? 그런 물음에는 이런 답이 날아왔다. 충 주까지 내려가서 그걸 보려고? 어떻게 내려가게? 누구 차를 타고?

윤서가 믿을 사람은 하나뿐이었다. 지난번에 자 신을 크게 실망시키긴 했지만, 아무리 생각해도 그 길 말고는 뾰족한 수가 없었다. 그 사람에게 잘못을 갚을 기회가 있다고 말한다면 받아들여 줄지도 몰 랐다. 전화를 걸었다. 이모, 출장 좀 갈 생각 있어? 가면 용서해 줄게.

○

애가 박수연 맞지? 이모가 몰래 찍은 사진을 한 장 보내왔다.

응, 맞아.

동표권투 차에 이렇게 생긴 애가 없어서 깜짝 놀랐지 뭐니. 엄마 차 타고 따로 왔더라.

대진표는 봤어? 아직 인터넷엔 안 올라왔는데.

60에 박수연 말고 하나 더 있던데.

걔도 기권하겠지?

봐야지, 어떻게 생겼는지라도 알면 참 편할 텐데. 애 이름이랑 소속 체육관만 기억하고 있어.

나도 좀 알려 줘.

윤서는 상대편의 이름을 검색했다. 다시 전화를 걸었다. 오, 이모. 애 생활체육 대회 나왔던 영상이 몇 개 있어. 나이가 어리네. 중등부 막 올라왔나 봐.

어때, 영상 봤어?

되게 잘하는데? 윤서는 턱을 긁으며 곰곰이 생각하다가, 이모, 내 말 들려? 하고 말을 이었다. 내가 지금 무슨 계획을 좀 짰는데 있지, 괜찮을지 들어 줘 봐.

◯

스터디 카페에 간다고 엄마에게 거짓말을 하곤 다시 맥시멈복싱을 찾았다. 시험 기간에 이러고 있는 걸 알면 엄마가 내 목을 조른 다음 뒷산에 암매장하겠지? 그런 생각이 들었지만 시험공부를 하는 동안에는 핏속에 전혀 돌지 않았던 아드레날린이

사뭇 강펀치

폭발하고 있었으니 어쩔 도리가 없었다.

어이, 친구. 오늘 첫날인가? 마동석이 반갑게 인사했다.

관장님, 운동은 이따 할 건데요. 오늘부터 선수권이잖아요. 저랑 같이 경기 영상 좀 봐 주시면 안 돼요? 설명도 해 주세요. 일단 여자 중등부만 보게요….

이 친구… 마동석이 손뼉을 쳤다. 이 친구, 자세가 된 친구네!

파란색 시합복을 입은 현진이 링에 올라왔다.

저 친구가 박수연 때려눕혔던 동표 애. 어이고, 마른 것 봐라.

윤서는 현진의 가슴팍을 뚫어지게 바라봤는데 시합복에 가려진 탓에 시퍼렇던 상처들이 나았는지 알 수 없었다.

동표 관장도 참 대단하지. 쟤를 51로 내리다니 정신이 있는 건지 모르겠다니까. 펀치가 좋았던 친군데. 60에 가만히 있었으면 다 씹어 먹었을 텐데 51로 내리니까 힘이 약해져서 1라운드 KO시킬 걸 질질 끌고… 으휴.

1라운드가 끝나고 현진의 상대방은 어디선가 나타난 의자에 앉아 숨을 골랐다. 코치 하나는 수건을 펄럭대며 땀을 식혀 주느라 야단이었고, 나머지 하나는 뭔가 어퍼컷 비슷한 모션을 취하며 선수에게 열변을 토하고 있었다. 현진은 뭘 하고 있지? 청 코

너를 보는 순간 윤서는 뭔가 잘못되었다는 것을 깨달았다. 현진은 혼자 덩그러니, 서 있었다. 앉지도 않았고, 누군가 현진에게 코칭을 하지도 않았다. 현진은 홀로 팔을 늘어뜨리곤 상대 코너 쪽을 바라보고 있었다. 동표 관장은 링 아래의 의자에 앉아 있었는데 일어날 기미조차 없었다.

어이고, 아무리 미워도 정식 시합에서 선수를 저렇게 대하면 쓰나, 감독이…. 마동석이 혀를 찼다. 저러는 것도 다 자기 손핸데. 동표 관장이 어지간히 애를 미워하는구나. 그러게 애를 왜 때려, 때리긴.

때리는 거 다 아세요?

동표 관장 유명해. 친구, 맥시멈 온 게 천운이야. 동표 가서 선수 하고 싶다고 하잖아? 일단 매일같이 맞는 건 각오해야지.

박수연도요?

그게 나도 의아하단 말이야. 그 부모들이, 남이 자기 애 패는 걸 가만히 보고 있을 사람들이 아닌데.

3라운드째에 상대 코너에서 흰 수건을 던졌다. 심판이 양쪽의 손을 잡았다. 현진의 팔이 올라갔다. 현진은 상대편 코치진에게 고개를 숙여 인사하고, 자기 스스로 링 줄을 들어 올려 넘기곤 힘들게 링을 내려갔다.

다음은 박수연의 경기였다. 이걸 굳이 볼 필요가 있나? 어차피 상대방 애 기권할 게 뻔한데. 마동석이 툴툴댔다.

사뭇 강편치

아뇨, 관장님. 윤서는 웃었다. 쟤 기권 안 해요.

어떻게 알아?

그냥, 그냥 알아요. 저한테 신기가 좀 있거든요,
관장님.

그리고 박수연과 상대방이 함께 링에 올랐을 때
윤서는, 링 아래에서 이모가 커다란 대포 카메라를
들고 제법 제대로 된 자세를 취하고 있는 걸 보았
다. 역시 개떡같이 말해도 찰떡같이 알아듣는 이모
였다.

경기는 일방적이었다. 마동석이 옆에서 자꾸 침
을 튀기며 껄껄 웃었다. 어이쿠, 애가 아주 복싱을
예쁘게 하네, 정석적으로. 아주 될 애네, 쟤가. 이제
겨우 중1인데. '복싱을 예쁘게 한다'는 게 무슨 말인
지 윤서는 잘 몰랐지만 적어도 지금이 박수연에게
전혀 예쁜 순간이 아니란 건 확실했다. 발목에 스프
링을 단 듯 팔딱팔딱 뛰는 그 애를 수연은 엉금엉
금 기며 뒤쫓았지만 한 대도 맞히지 못했다. 1라운
드가 중반을 넘기자 거의 포기한 듯 가드만 올리고
있었다. 내가 가르칠 때보다 늘질 않았네, 이걸 어
떡하면 좋나. 마동석이 혀를 찼다. 이제 쟤가 등장
했으니 올해 금메달들은 물 건너갔구만. 그 말을 들
으며 윤서는 생각했다. 아마 체고도, 서울대랑 고대
체교과도 물 건너갔겠죠?

결국 심판이 경기를 중단시켰다. 동표 관장이 코
너로 올라와 박수연의 헤드기어를 벗겨 주었다. 수

연이 울고 있어서 윤서는 조금 맘이 아팠지만, 상대 선수의 배꼽 인사를 받아 주지 않는 걸 보곤 측은한 마음을 다 지워 버렸다.

그럼 친구, 다 봤으니까 이제 운동해야지? 마동석이 옆에서 툭 치는 바람에 윤서는 앞으로 고꾸라졌다. 아뿔싸, 그 생각을 안 하고 있었다. 운동복을 쥐고 탈의실로 들어가며, 윤서는 한숨을 쉬었다. 이번 시험은 조졌구나. 그러나 운동을 안 한다고 조지지 않을 건가 하면 그건 또 아니었다. 윤서는 자신을 잘 알았다.

◌

윤서야.

이모가 전화를 걸어 온 시간은 새벽 1시였다.

왜.

모텔에서 이상한 소리 나니까 우리 윤서 감상하라고.

아, 진짜 이모 변태….

농담이고. 이모의 목소리가 갑자기 진지해졌다. 이모가 다시 기사 쓰면 현진이는 영영 복싱 판을 떠나야 할까?

응?

이모, 여기서 생각보다 기삿거리 많이 건졌는데.

사뭇 강펀치

이모가 말했다. 그런데, 현진이가 지난번처럼 난처해질까 봐 걱정이 돼. 이걸 쓰는 게 맞나 싶고.

윤서는 가만히 있다가, 대답했다. 현진이한테 물어볼게. 내 연락을 받을지는 알 수 없지만. 일단 기삿거리 모아만 놓아 봐.

알겠어.

그리고 있잖아, 이모. 윤서가 말했다. 이제 이모한테 욕 안 할 거야. 왠지 알아?

왜?

오늘 시합한 중1짜리. 걔 인생을 이모가 살린 것일 수도 있으니까.

우리 윤서가 살린 거지. 네가 다 계획한 거잖아. 나는 한 게 없어. 이모가 웃었다. 근데 그거 알아? 걔 정말 잘하더라, 이모 좀 반했어. 앞으로도 경기하는 거 다 찾아보려고. 혹시 모르잖아? 미래의 올림픽 금메달리스트를 우리나라 기자 중에서 내가 가장 먼저 알아본 것일지도.

현진

　실은 민수의 전화를 하염없이 기다리다 손을 잘
못 놀려 윤서의 전화를 받은 것뿐이었는데, 통화를
끝내자 퍼뜩, 한 가지 방도가 떠올랐다. 윤서에게
다시 물었다. 너희 이모 몇 호실에 계신다고? 시합
장 근처에 묵을 만한 모텔은 한 군데뿐이라는 걸 현
진은 너무 잘 알고 있었다. 바로 여기였다. 배에서
자꾸 꼬르륵 소리가 났다. 소리가 제법 컸는지 옆에
서 성인부 언니가 잠꼬대를 했다. 감독들끼리 술을
마시는 자리에 언제나 불려 가는 언니. 현진에게 네
가 맞을 짓을 했잖아, 라고 말했던 그 언니. 그 언니
도… 이거 아니면 할 게 없고, 이곳 아니면 갈 데가
없었다.

　수연이 지던 순간을 생각했다. 매일같이 그 순간
을 그려 왔는데. 엄청난 고수가 나타나서 촌지나 로
비 따위를 다 쌈 싸 먹는 순간을. 그런 일이 실제로

사뭇 강편치

일어난 덕에 자신 역시 용기를 얻은 걸까. 어차피 저쪽이 나를 이 판에서 몰아낼 작정이라면, 궁지에 몰 거라면. 현진은 생각했다. 그럴 거라면 나에게도 드러낼 이빨은 있어.

윤서

마동석과 윤서가 함께 흡 소리를 냈다. 현진의 손이 올라가지 않아서였다. 아니, 이게 무슨… 하고 마동석이 사무실이 떠나가라 외쳤다. 그 고함이 바깥까지 들리는 바람에 각자 줄넘기를 하던 회원들이 무슨 일이 생겼나, 하고 사무실 안쪽을 빼꼼 들여다보기도 했다.

2라운드에 다운까지 시켰는데 어떻게 저쪽에 승을 주나, 4-1이라고? 심판들이 한 명 빼곤 다 눈이 삐었나? 아무리 애가 미운털이 박혔기로서니…. 마동석은 고래고래 소리를 지르다가, 다시 흡! 하는 소리를 내었다. 윤서는 눈을 감았다. 이모에게 살짝 귀띔을 받긴 했지만, 정말로 그렇게… 그렇게 모두의 앞에서.

진짜로 모두의 앞에서 현진이 쓰러질 거라곤 생각지 않았다. 진짜로 심판 하나가 달려들어 현진의 상의를 훌러덩 벗길 거라고 예상하지도 않았다. 심지어 유튜브로 생중계가 되고 있는 이 링 위에서. 커다란 카메라를 들고 있는 이모가 유튜브 화면에 비쳤다. 화면이 조금씩 흔들리다 검은색으로 바뀌었다. 윤서는 그저 기도할 수밖에 없었다. 이 모든 일이 잊히지 않기를. 사람들이 낄낄대며 소비하는 사건이 되지 않기를. 현진이 계속 좋아하는 걸할 수 있기를. 권투든, 다른 것이든 간에. 현진이 갈 그 어떤 길에도 이 일이 걸림돌이 되지 않기를 바랐다. 처음 현진의 제안을 들었을 땐 말리고 싶었고, 너 미쳤냐고 말하려고 했는데, 이모의 생각은 달랐다. 현진이는 게임을 하는 거고 자기 패를 최대한으로 쓰려는 거야. 일방적으로 가르침을 당하고 괴롭힘을 당하는 대신에, 동등한 사람으로서 전략을 쓰겠다는 거지. 이모는 그렇게 말했다. 윤서야, 현진이는 네 생각보다 더 강한 애더라.

처음에 윤서는, 이모가 현장에서 꼬투리 하나만 잡았으면 하는 바람을 품었을 뿐이었다. 남이 자기 커리어를 걸고 용기 내서 하는 증언만 써먹지 말고, 진짜로 이모가 들쑤시고 다녀 보라고, 그래서 지난번 기사를 이을 현장 르포 같은 거라도 하나 더 쓰면 현진이 혼자 누명을 쓰진 않을 거 아니냐고.

수연의 상대인 중학교 1학년짜리가 여간내기가

아니란 사실이 뜻밖의 열쇠였다. 윤서가 감독을, 이모가 연기를 맡았다. 이모, 대포 카메라 아직 있지? 마치 윤서의 아바타처럼 이모는 트렁크에 잠들어 있던 카메라를 꺼내 그 중1과 그 애의 코치진을 찾았다.

저, 정원 양 경기 보러 왔어요. 팬이에요. 나중에 국대 될 것 같아서 미리 찜해 놓고 얼굴 좀 비추려고요. 아, 저는 J일보 스포츠 전문 기자인데… 명함이 이거 하나밖에 없어서 어쩌죠. 미처 더 챙기질 못했네. 다음 경기 할 때 줄게요. 그러면서 이모는 이름이 보이지 않도록 검지와 중지를 써서 슬쩍 명함을 보여 준 후 다시 집어넣었다. 혹여나 그 폭로 기사 쓴…! 이라고 누군가 알아볼까 봐서.

대포 카메라와 명함의 신문사 로고를 확인한 관장의 눈빛은 마치 '초사이어인으로 변신한 손오공' 같았다고 이모는 표현했다. 관중 하나 없이 시합이 진행되는 비인기 종목의 정식 무대에 이제 막 선 아이에게, 팬이라며 다가온 기자. 중1짜리는 갑자기 발을 구르며 관장을 쳐다보았고 이모는 눈을 일부러 소처럼 순박하게 끔벅, 끔벅대다 아이에게 물었다.

얘, 표정이 왜 그러니? 아줌마가 무슨 잘못이라도 했니?

아이는 계속 아무 대답도 않고 관장만 바라보았는데, 눈에 물기가 가득했다. 정원이랑 이야기 좀 나눠 보고 싶은데 괜찮을까요? 선수권 기사도 좀 써 볼까 하는데 정원이가 미래의 꿈나무, 뭐 이렇게

사뭇 강펀치

들어가도 너무 좋을 거 같고요. 살아생전에 이 판에서 기자라는 존재를 처음 본 관장의 콧구멍이 사정 없이 벌렁대는 것을 이모는 놓치지 않았다. 한편으로는 신기해했다. 윤서가 말한 대로 모든 것이 이루어지는 걸. 아무래도 또래라서 심리를 제대로 파악할 수 있는 걸까? 이모는 과녁을 겨누어 확인 사살을 했다. 상대편 선수가 정원이보다 언니긴 한데, 지금까지 시합도 거의 안 뛰었고 딱 관상만 봐도 정원이보다 못하게 생겼더라고요. 때려눕힐 수 있지, 정원아? 맞지? 기자 아줌마가 사람 잘못 본 거 아니겠지?

결국 사실들은 그 관장의 입을 통해 나왔다. 매 시합에서 수연의 부모가 사람들을 매수했다는 사실. 영리하게도 아이보다 지도자들에게, 지도자들보다 심판진에게 먼저 접근했다는 사실. 판정까지 가면 수연에게 승을 주겠다는 확언을 다섯 심판 중 셋에게만 얻어 내도 어마어마한 효과가 보장됐다. 어차피 질 거라면 기권하라고 지도자를 협박할 수 있었고, 코치며 관장을 하늘같이 따를 수밖에 없는 어린 선수들은 모조리 볼모였다. 기권시키는 방법도 간단했다. 상대편인 수연의 주먹이 워낙 세다고, 그렇게 부모에게 말하면 끝이었다. 다칠 것 같은데 이번 시합은 피하는 게 어떨까요, 라고. 부모들은 절대로 자기 아이가 맞는 걸 바라지 않으니까.

정말 저희는 기자님만 믿고 이번엔 경기 하겠습니다. 관장이 말했다. 솔직히 우리 애가 판정까지 안 가고 이길 수 있어요. 대신 우리 애, 관심에서 놓지 말고 지켜봐 주겠다고 약속하면요. 제 입장에서도 우리 애가 올라가서 제대로 자기 실력 보여 주는 게 마음 편하고, 저는 우리 애가 국대 될 거라고 확신해요. 그러니까 기자님, 믿겠습니다.

그렇게 수연은 생의 두 번째 패배를 경험했다. 그 와중에 이모는 100장 넘게 찍은 정원의 사진들을 돌려 보며 이런 생각을 했다고 했다. 왕년의 홈마 실력, 녹슬지 않았네….

○

심판 하나가 현진에게 다가간 것은 예선 날의 일이었다. 모두가 현진을 투명인간처럼 대했던 예선 시합이 끝나고, 대회장 화장실에서 옷을 갈아입고 나온 현진에게 세면대에서 손을 씻던 여자가 말을 걸었다.

모레 결선에선 모두가 너에게 패를 줄 거야. 그 여자 심판은 그렇게 말했다. 판정까지 가면 무조건 너는 져. 네가 이 종목 사람들에게 끼친 피해를 갚아 줘야 한다고 그 사람들은 생각해. 잘못될 싹이 보이면 잘라 내야 한다고들 말해.

방금 시합을 마치고 돌아온 현진은 땀에 전 시합복과 가슴 보호대를 손에 가득 쥔 채 얼어붙었다.

사뭇 강편치

그런데 나는 내가 본 대로 주려고. 양심이 있지.

네….

아마 넌 모레 4-1로 질 거야.

아….

그리고 나는 징계를 받을 거고. 4-1 나오면 그 한 명은 징계를 받는 게 규칙이거든. 돈을 받든 뭘 하든 남과 다른 판단을 했으니까 구린 게 있을 거란 뜻이야.

아….

웃기지? 다수가 구릴 거란 생각은 안 하는 게.

그때 현진은 이렇게 말했다고, 그랬다.

어차피 징계 받으실 거면요.

응.

혹시 링에도 올라와 주실 수 있나요?

응?

와서, 제 옷 좀 벗겨 주실 수 있어요? 그러고는 자기 상의를 들어 올렸다. 그 안에 무엇이 있는지, 여자가 보게 했다. 여자의 눈동자가 마구 흔들렸다. 기사의 글자로만 본 것에 비하면 그 뻘겋고 퍼런 실체를 마주하는 것은 전혀 다른 무게의 강펀치였다. 현진이 이어 말했다. 그렇게만 해 주시면요… 저, 뭘 하든 안 죽고 열심히 살게요.

그땐 솔직히 자포자기하고, 자학하고 싶은 마음이

커서 그런 일을 저질렀대. 이모가 한숨을 쉬었다. 이 것만 보고 달려왔는데 사람들 장난질 때문에 이젠 이길 수도 없으니까. 깽판이라도 놓겠다 싶은 마음 이었대. 근데 내가 여기 내려와 있다는 걸 너한테 듣 고 나니까 그런 생각이 들었다지. 이왕 다 까발리려 면 기자까지 끼워야 제대로다, 라는 생각. 그렇게 마 음먹고 나니까 시합도 열심히 하고 싶어졌대.

이모…. 윤서는 말을 잇지 못하다가 겨우 이 한마 디만 했다. 사진에 현진이 가슴… 다 나와?

너도 유튜브 중계로 봤다며.

옷 벗기고 나서는, 못 봤어. 울 것 같아서 손으로 눈을 가리고 있었어….

시합용 가슴 보호대 했으니까 걱정 마. 이모가 말 했다. 그거 하고도 보일 만큼 애를 팬 사람한테 잘 했다고 해야 하는 건지, 참. 그나저나 우리 윤서가 친구 걱정을 많이 하는구나. 좋다, 윤서야. 이모가 우리 윤서한테 배울 게 많아.

비인기 종목에서 경기 한 번 없이 딴 메달로도 대 학 갈 수 있단 걸 아는 사람들이… 참 대단해. 이모 는 그렇게 비꼬았다. 자기 애 위해서 그렇게까지 하 고 싶을까? 나는 애를 안 낳을 거라 평생 이해 못 할 거야, 윤서야.

그럼 박수연은 이제 운동 그만둘까? 윤서의 물음 에 이모는 대답했다. 뭐 모르지. 더 사람 없는 비인 기 종목으로 갈지…. 그렇게 부둥부둥 비행기 타고

사뭇 강편치

대학 가서 또 뭘 어쩌려고 그러는 건진 모르겠지만.

스터디 카페에서 수연을 다시 만나면 인사를 할
수 있을까? 윤서가 이 일에 연결된 걸 수연은 꿈에
도 모를 테니 아마 서로 알지 못하는 사람처럼 지나
치게 될 것이라고 윤서는 짐작했다. 사실 윤서는, 걔
도 공범이야, 라고 생각하는 중이었다. 열여섯이면
세상을 다 알 나이인걸. 아무리 대입에 환장한 부모
가 자식에겐 숨겼더라도, 어떻게 자기는 한 번도 시
합을 뛰지 않을 수 있었는지 분명 의아했을 거고,
그러면서도 애써 순진한 척했을 거라고 여겼다. 윤
서는 그런 걸 참을 수 없었다. 이모는 너 그러면 세
상 살기 힘들 거라고 핀잔을 줬지만 고칠 생각이 없
었다. 그게 윤서가 가진 무엇보다도 큰 재능이었으
니까. 참아선 안 되는 걸 참을 수 없어 하는 것이.

현진

그 사람이 진짜 마동석이랑 똑같이 생겼다고 윤서가 호들갑을 떨었을 땐 닮아 봤자 얼마나 닮았겠어, 싶었는데 막상 진짜로 얼굴을 보니 자기도 모르게 허리를 젖히고 웃게 되었다. 굴러가는 낙엽만 봐도 까르르까르르 웃을 나이라더니 너도 그렇구나? 마동석은 어이없다는 듯 말했다.

저를 받아 주셔서 고맙습니다, 라는 말을 중학생의 소심한 심장 가지고는 차마 할 수 없었는데 마동석이 먼저 이렇게 이야기했다. 고맙다, 나를 믿고 여기서 선수 하겠다고 해 줘서. 가르치는 방식이 많이 달라서 혼란스러울 텐데. 그러더니 얼굴을 벅벅 긁으며 덧붙였다. 동표권투한테 좀 맺힌 것도 있어서 네가 동표 떠나서 내 밑으로 오니까 기분 좋은 것도 사실이고. 뭐, 맥시멈 관장 또라이라는 건 온 복싱 판이 다 아는데, 차라리 잘됐지 뭐. 네가 맥시멉 왔다고 하면 사람들도 다 고개를 끄덕일 거야. 관장이 너무 또라이라 선수는 오히려 묻히는 거지.

윤서는 옆에서 씩 웃었다. 마동석은 뭔가를 끄적거렸다.

그나저나 그 중1짜리도 잘하던데, 둘이서 아주 자웅을 겨루게 생겼네. 여자 중등부가 이렇게 박 터진 적이 있었는가 모르겠어.

중1인데 벌써 60kg이면 나중엔 더 커서 위 체급으로 올라가겠죠. 윤서가 끼어들었다. 우리 이모가 저번에 걔네 부모님도 만나고 왔거든요. 걔네 엄마 키가 175고 아빠는 거의 190이래요. 그러니까 아직 걔는 반도 안 컸어요.

그럼 일단 올해만 이기면 되겠네. 현진은 씩씩했다.

뭐 좌우지간 먹을 거 앞에 두고 긴 얘기 하는 거 아니야. 마동석이 나무젓가락을 쪼갰다. 오늘 운동 열심히 했으니까 잘 먹어라, 애들아!

잘 먹겠습니다! 현진과 윤서는 함께 입을 모아 외치곤 짜장면을 비비고, 찹쌀 탕수육을 집었다. 뭐가 제일 먹고 싶었어? 라는 마동석의 질문에 살 제일 많이 찌는 거요, 라고 답한 현진이 고른 메뉴였다. 역시 탕수육은 찹쌀이라고 윤서는 생각했다. 처음 봤을 때부터 느꼈지만, 현진은 뭔가를 제대로 아는 애였다.

그녀가 말하기를

0.

아이는 삐라를 주워서 볼펜을 받으려고 한 것뿐인데 어이쿠, 그만 시체까지 찾아 버렸다. 파출소가 앙앙 우는 소리로 시끄러워진 그 시각 정 순경은 맥심 화이트골드를 찾아 공판장을 뒤지던 중이었다. 모카골드는 절대 안 먹겠다는 소장 때문이었다. 전화를 받고 헐레벌떡 파출소로 돌아갔을 때 아이의 옆에는 이미 남녀 한 쌍이 앉아 있었다.

"보호자세요?"

"아뇨, 애가 너무 울어서 데리고 와 줬어요."

남자가 답했다. 억양이며 피부색이 딱 봐도 한국인은 아니었다. 여자는 아무 말도 없었다. 정 순경은 뒷머리를 긁으며 지레짐작했다. 중국인인가. 짧은 치마 차림의 여자는 아무렇게 다리를 벌리고 앉아 있었는데 허벅지에 시퍼런 멍이 들어 있었다. 정 순경은 다리를 힐끔대며 얼굴을 찌푸렸다.

그녀가 말하기를

"거 참, 이런 작은 동네에서…. 일단 아이는 놓고 가세요. 얘야, 아저씨 말 들리니? 엄마 아빠는 어디 있니?"

아이는 더 크게 울며 고개를 젓곤 여자의 손을 덥석 잡았다. 일단 현장에 가 봐야 하는데 아이가 여자에게서 떨어지지 않으니 도리가 없었다. 같이 갈 수밖에.

시신은 거의 부패되지 않은 상태였다. 뭐 백골 상태까진 아니더라도 반쯤은 썩어 있길 바랐는데, 상황이 이렇다면 이 부근에 아직 살인범이 활보하고 있을 수도 있다는 뜻이었다. 아, 골치 아프다. 정 순경은 모자를 벗어 거기 얼굴을 묻었다. 어떻게든 바득바득 조용한 동네로 옮겨 왔더니 이런 일이 일어나냐, 정말.

사람들이 하나도 살지 않는 듯 조용하던 동네였는데 어디서 기어 나왔는지 이미 구경꾼들이 왁자지껄하게 주변을 둘러싸고 있었다. 거, 보지 마세요, 가세요, 가세요. 소리를 치자 구경꾼들은 다 한국어를 알아듣지 못하는 척했다. 정말 뻔뻔하다니까. 정 순경은 혀를 끌끌 차며 외쳤다. 고! 돈 룩! 고!

여자의 품에 원숭이처럼 매달려 있던 아이가 내려와 정 순경의 소매를 잡아당겼다.

"아저씨."
"어, 그래. 이제 좀 정신이 돌아오나 보지?"
"아저씨, 죽은 아저씨 옆에."

"응, 말해라 말해."

"나는 삐라인 줄 알고 파냈는데 이게 있었어요."

아이가 주머니에서 꺼낸 것은 구겨진 종이였다.

"이게 뭐야."

"몰라요. 죽은 아저씨 옆에 묻혀 있었어요."

정 순경은 눈을 가늘게 뜨고 그 종이를 보았다. 책에서 한 페이지를 찢어 낸 모양이었다. 책 제목이 뭔데? 이건가? 페이지 숫자 옆에 작게 박힌 글자는 '당신 곁의 모든 음모들'. 음모? 무슨 음모? 스마트폰을 꺼내어 저 제목의 책을 검색해 보았다. 김홍수 김주호 공저. 뭐야 이 책은? 스크롤을 내렸다.

"아."

옆에 슬쩍 끼어들어 같이 화면을 보던 형사팀장이 한숨을 내쉬었다.

"보복이네, 씨발."

"네?"

"딱 봐도. 여기랑 얽힌 거잖아."

정 순경은 아이의 머리를 쓰다듬어 주었다. 잘했다, 잘했어. 눈물이 말라붙은 아이의 얼굴도 물티슈로 대강 닦아 주었다. 그나저나 애 부모는 어디 있길래 아직도 연락이 안 되나. 그것까지 생각하기엔 이미 머리가 너무 아팠다. 이런 꼴을 보자고 이 좁아터진 촌구석에 온 것은 아니었는데.

여자와 손을 잡은 남자가 말했다.

"저희, 아이 여기 두고 가도 될까요?"

그녀가 말하기를

"아, 예, 예. 저희가 잘 챙겨서 집에 보내겠습니다. 정말 고맙습니다."

"네. … 한국 사람입니까?"

"네?"

"저기, 죽은 사람요."

"그거야 모르죠. 신원 확인을 해 봐야 알지."

"네."

"저 혹시 몰라서, 성함이 뭐죠?"

"퐁라윗라타나퐁 추엥차로에누키잉이요."

"예?"

"퐁라윗라타나퐁 추엥차로에누키잉."

"아, 예, 퐁, 퐁 씨…. 잘 알겠습니다. 외국인 등록증 지금 없으시죠? 그럼 여기 한글로 이름을 좀 적어 주실 수 있는지… 예, 예. 감사합니다. 들어가셔도 좋습니다."

여자와 떨어지지 않으려는 아이를 억지로 달래곤 커플은 등을 돌렸다. 남자의 손가락이 조금 이상하게 휘어 있는 것을 정 순경은 보았다. 여긴 워낙 다친 외국인 노동자들이 많으니까. 옆에 있는 애인인지, 의 허벅지도 마찬가지 아니었는가. 팀장이 경찰서로 수사 요청 전화를 걸고 있었다. 죽은 남자의 눈가에는 유리 조각이 박혀 있었고, 찌그러진 안경테가 아직도 귓바퀴에 걸려 있었다. 그때 정 순경의 휴대폰이 울렸다.

"어."

"정 순경, 하나 더."

"뭐?"

"하나 더 나왔다고. 방금 발견됐어. 젊은 남자."

"뭐가."

"뭐긴 뭐야. 시체."

"장난 까냐."

"장난 까는 거 아니고, 갈곡천 쪽 공사하는 곳 있
잖아. 거기 대충 구겨 넣어 놨더라. 옆에 책에서
찢은 페이지가 하나 있었어. 당신 곁의 모든 음
모들. 그 책 썼다는 김흥수가 누군지 좀 알아봐야
할 것 같은데."

어쩐지 오늘 출근할 때 죽고 싶더라니. 정 순경은
눈을 질끈 감았다. 아이가 다시 빽빽 울기 시작했다.

그녀가 말하기를

1.

모두들 굳이 그렇게 딱딱한 자세로 앉을 필요 없어요. 이야기가 아주 짧진 않으니 중간중간 다리가 저리면 일어나 제자리걸음을 하거나, 그러셔도 좋고요. 라잇, 편하게 앉으라니까요. 긴장하지 말고.

삶을 그르치는 가장 좋은 방법은 애당초 첫 단추부터 잘못 끼우는 게 아닐까요? 만약 그렇다면, 제 첫 단추는 김흥수입니다. 저는 아주 오래전, 기억 가능한 첫 시절부터 사람들이 어떻게 스스로를 멸망시킬지에 대해 귀에 피딱지가 앉도록 들으며 자라 왔어요. 어떤 모습으로 이 세상이 수명을 다하게 될 것인가에 대해서 여러 갈래의 이야기를 들었는데, 물론 그 모두가 단 한 사람, 김흥수의 입에서 나온 것이었죠. 김흥수는 세상의 모든 것이 다 자기를 망치려는 음모를 꾸민다고 생각했어요. 잘못도 안 한 자기를 툭하면 영창에 넣어 버렸던 군대, 능력이 출중한 자기를 일 못한다며 갈구는 상사가 득시글했다던 회사, 여기저기서 돈 끌어다 모아 기껏 차렸더니 손님이 들지 않아 쫄딱 망한 서점, ─ 김흥수는 주변 대형 서점의 방해 공작으로 자기 서점이 망했다고 여겼죠. 제 입장에선 아니, 가만히 있어도 손님이 알아서 오는 그런 서점이 천박하다며 여성 잡지 하나 제대로 가져다 놓지 않는 동네 서점을 뭐 하러 신경 쓴다고 난리인지 이해가 가지 않았지만요. ─ 아무리 때려도 돈이 떨어져 간다고 우는 소리를 멈추지 못하는 마누라 같은 것들, 다. 김흥수 뇌 속에 도사린 음모는 점점 커졌죠. 땅값이 비싼 도시에 지치지도 않고 세워지는 십자가도 음모의 산물이에요. 아스팔트를 깐다며 동네의 골목길을 점거하고 있는 인부들도, 김흥수가 지지하는 대통령과 정당을 씹어 대는 사람들의 존재도 다 마찬가지예요. 그런 사람들, 사실은 없는데, 언론에서 허깨비를 만들어 낸다는 거죠. 너무나 똑똑해서 거짓을 금세 간파할 수 있는 김흥수만이 알아챌 수 있는 음모예요. 다른 사람들은 김흥수가 말해 주지 않는 한 절대 알아채지 못해요.

김흥수는 자신을 제외한 모든 사람의 욕구에 적대적이었어요. 하물며 어린 딸인 저의 것은 오죽 보기 싫었을까요.

저는 아무것도 몰랐어요. 너무 몰라서, 김흥수가 어떻게 갑자기 자기 생각에 동조하는 사람들을

그녀가 말하기를

모을 수 있었는지, 그리고 키 161cm에 몸무게는 52kg을 넘은 적이 없는 그 사람의 존재가 어떻게 증마라는 이름의 모임 구성원 가운데에서 가장 커질 수 있었는지도 역시 잘 몰랐어요. 어쨌든 정신을 차려 보니 그렇게 되어 있더군요.

○

별로 기억할 게 없어요. 하루하루 다를 게 없었거든요. 회당에 모여서 손을 붙잡고 뭐라 뭐라 맹세를 해요. 그러고는 열다섯 종의 신문을 펼쳐 기사를 뜯어 보고 씹어 보고 엎어 치고 메쳐요. 조금이라도 의심 가는 곳에 내내 밑줄을 치죠. 그러고는 사람들과 그 결과물을 합쳐요. 교집합이 아니라 합집합을 구해요. 그러면 밑줄이 수없이 더 생겨서, 결국 볼펜의 촉을 못 견딘 신문이 죽죽 찢어져요. 사람들은 항상 누가 누가 더 큰 소리를 내나 경쟁하며 분노해요. 이 세상을 저주하며 울죠. 그러고는 함께 기름기 없는 음식을 만들어 먹어요. 맛대가리 없는 수제비나 오이무침 같은 것들.

조금 더 머리가 굵직해지고 나서는 밖으로 나갔어요. 가벼운 인쇄물들이 무거운 모양으로 쌓인 상자를 거리로 들고 나가요. 상자를 놓고 그 옆에 서 있어요. 아니면 매일매일 다른 어른 옆에 서서 처음 가 보는 집의 초인종을 누르죠. 김홍수의 딸이라고 예외는 아니에요. 김홍수는 그런 거 못 견디거든요,

가족이나 재산 따위엔 일절 신경 쓰지 않는 자기의 청렴함을 딸 따위가 침범하는 그런 거요.

저는 얼굴이 나쁘지 않은 편이에요. 짝눈이긴 하지만 일단 눈이 크고, 코도 높고 이마가 봉긋해요. 어른들에게 인기가 많을 것 같죠. 그런데 김홍수는 그것도 음모라고 생각해요. 왜냐, 자기랑 안 닮았으니까. 아, 저한텐 김주호라고 오빠가 있는데 김홍수랑 똑같이 생겼죠. 근데 저는 달라요. 그래서 김홍수는 엄마가 어디 가서 남의 씨를 받아 왔을 거라고 자주 욕을 했죠. 남들 안 보는 데서만 욕했어요. 남들 보는 앞에선 반듯한 아버지니까. 아마 김홍수가 그랬다고 하면 아무도 믿지 않을걸요? 사람들 앞에서는 그렇게 선비 노릇을 하니까. 그래서 저는 정말 열심히 살았어요. 다른 어른에게라도 신뢰를 받으려 무진 애를 썼죠. 솔직히 제가 옆에 붙어 있으면 그만큼 현관문이 쉽게 열리긴 했어요.

저는 정말로 진심이었어요. 그걸 온 얼굴에 담았어요. 특히 눈에. 추워요, 더워요, 다리가 아파요. 거짓말이 아니었어요. 그럼 어른들이 문을 열어 줬어요. 불쌍하니까 그랬던 걸까. 어미 잃고 삐약거리는 새끼 고양이 같아서.

거리에 섰던 첫날은 좀 어려웠어요. "아저씨, 세상이 뭔가 잘못 돌아가고 있지 않아요?"라고 말하는 것, 쪽팔렸으니까. 하지만 점점 쉬워졌죠. 사람들을 잘 데려오니까 김홍수가 어디서 넓은 칼라가 팔랑대는 블라우스랑 조끼, 넥타이, 그리고 쫙 펼쳐지는 치마 같은 걸 구해 와 입으라고 하더라고요.

그녀가 말하기를

저는 그때 초등학교에 다니고 있어서 교복 같은 건 안 입었는데 그걸 입으니 시내를 돌아다니는 중학생 언니들처럼 보였어요. 그걸 입고 있으면 지나다니는 사람들이 제 말을 더 잘 듣기도 하더라고요. 특히 아저씨들이. 왜지? 그땐 너무 어려서 이유를 몰랐고.

엄마가 어디 있는지 가끔 궁금했어요. 울음이 나오면 혼자 화장실에 가서 물을 틀고 울었어요. 김흥수가 알면 안 되니까. 김흥수의 말을 잘 듣는 파마머리 여자들은 거기 진짜 많았어요. 제 눈에도 잘 보이려 들었고. 하지만 아무리 잘해 줘도 제 엄마는 아니잖아요. 언제 사라졌더라, 나의 엄마는. 김주호는 사라진 엄마 보고 창녀라고 자주 욕을 했어요. 그건 김흥수의 언어죠.

○

증마는 욕심 없이 살아요. 생명을 해치지 않고 함께 어우러져요. 더러운 자본에 목을 매지 않고 이상을 바라보아요. 바닷물이 언제 가까워지고 다시 멀어지는지 알아요. 증마는 절대 싸우지 않아요. 증마는 거짓을 적대하고 진실을 보아요. 증마의 사람들과 함께해요.

김흥수가 저런 대사를 쓰고는 저더러 카메라 앞

에서 읊도록 시켰던 적도 있었어요. 다음 달쯤 학교
에서 애들이 저한테 연예인 연습생이냐고 묻더라
고요. 전국의 케이블 티브이 채널에서 제가 손바닥
을 활짝 펼친 채 웃는 영상이 다 나왔다죠. 옥 매트
나 안마 의자 광고보다 더 많이 나왔대요. 그치만
저는 몰랐어요. 티브이라는 걸 본 적이 없거든요.
거기선 조작된 음모밖에 비춰 주지 않는다고 김흥
수가 없애 버린 지 오래였거든요.

　물론 제게 연예인 연습생이냐고 묻던 애들은 곧
말을 걸지 않기 시작했어요. 부모들이 저랑 놀지 말
라고 했다나.

　학교에 친구가 없었어요. 아니 있었어요. 아니 없
어요. 있다고 해야 하나? 주말마다 같은 회당에서
만나는 애들이 우리 학교에도 대여섯은 있었어요.
그런데 언제나 지독한 돌팔매질을 당했죠. 신발을
도둑맞거나 책상 위가 일부러 쏟은 물로 범벅이 되
는 일은 예사였고요. 4학년 때부터는 주먹이 좀 단
단해졌는지 일진들이 우리를 불러서 두들겨 패더
라고요. 우리가 아무 말도 하지 못한다는 걸 알았거
든요. 우리 부모는 커다란 세상을 결박한 음모나 신
경 쓰지, 자기 집 지붕 아래의 애들 얼굴은 안 궁금
해한다는 걸. 왜냐? 그건 '큰일'이 아니니까. 그러니
아무리 패도 우리끼리 모여 이루어지지 않을 저주
나 퍼붓는다는 걸, 일진들은 잘 알았어요. 걔네들은
끌어낼 수 있는 모든 악의를 담아 우리를 비웃고,
만들 수 있는 모든 악의를 우리에게 털었어요. 그러
고는 힘이 있는 어른들 앞에서는 순진한 눈망울의

그녀가 말하기를

어린이가 되는 거죠.

저도 3학년 때까지는 엄청 괴롭힘을 당했어요. 4
학년 때부터는 상황이 많이 달라졌죠. 담임이 좀 재
미있는 사람이었거든요. 첫날 자기소개부터 역겨웠
어요. 선생님은 시인이야. 세상을 바라보는 눈이 조
금은 다르지. 너희도 달라야 해. 그러고는 자기 이
름이 새겨진 얇은 시집을 애들에게 하나하나 다 나
눠줬어요. 1번을 의자에서 일으켜 세우곤 첫 번째
시를 소리 내 읽게 했죠. 다음 날엔 2번이 두 번째
시, 그다음엔 3번이 세 번째 시. 진짜 짜증 나 미치
는 줄 알았어요. 그렇게 하면 애들이 자기를 동경할
거라고 생각했을까요? 아니면 그저, 자기는 이런
곳에서 어린애들과 노닥거릴 위인은 아니라고 자
기 위안을 일삼은 걸까요? 어느 쪽이든 간에, 저는
그 사람이 제 먹잇감이란 걸 알아봤어요. 5월도 되
기 전에 김홍수가 학부모 상담을 빙자해서 담임을
만났죠. 그러고 나서는 일사천리였어요. 그 사람,
그다음부턴 시로 거의 공상과학소설을 쓰더라고요.
자기 딴에는 투쟁이라나 뭐라나. 매주 회당에 모습
을 드러냈고요. 학교에서도 저를 엄청 티 나게 예뻐
해서 애들이 저를 건드리질 못했어요. 김홍수는 저
한테 간만에 잘했다고 칭찬을 좀 했는데 글쎄요, 저
는 딱히 김홍수를 위해서 그런 것도 아니고, 그 사
람의 주장을 믿어서 그런 건 더더욱 아니고, 다만
학교를 좀 더 편하게 다니고 싶었을 뿐이에요.

저는 김홍수 절대 안 믿어요. 김홍수 하면 생각나

는 첫 기억이 뭔 줄 아세요? 엄마가 신용카드를 처음 만들어 온 날의 일요. 그날 김홍수는 칼을 들고 카드를 잘라 내더니 엄마에게 네 더러운 팔도 잘라 버릴 거라고 했어요. 돈밖에 모르는 년이라고, 천박한 년이라고…. 글쎄요, 엄마는 그냥 김홍수의 월급날이 아닌 날엔 현금이 너무 부족하다고 생각했던 것뿐이었어요. 왜 부족했냐고요? 모르죠, 돼지고기는 배가 아프다며 안 먹고 소고기는 한우, 닭고기는 토종닭이랑 오골계밖에 안 먹는 남편 키우느라 그랬는지. 그렇게 고기 좋아하는 사람이 어떻게 회당에선 사람들이랑 같이 풀밭에 안 먹는지 그것도 참 신기해.

○

그래도 학교에 있는 게 나았어요. 그 생활마저도 뺏길 줄은 몰랐지만.

모든 것에 금이 간 건 열세 살 되던 해의 여름방학 때였죠. 그해에 처음으로, 초등학교를 졸업한 모든 애들은 무조건 중학교에 가야만 한다는 제도가 생겼어요. 그 전까진 안 가도 됐는데.

그녀가 말하기를

2.

왜 저 여자들은 저토록 멍청할까. 저는 김흥수 주변에 있는 여자들을 볼 때마다 그런 생각을 했어요. 엄마가 없어지기 전까지는, 사실 엄마를 보고도 그런 느낌을 적잖이 받았는데. 무슨 느낌이냐면요, 사람의 외모는 점점 자기 생각이나 능력을 닮아 가는 것 같다는 거요. 푸석푸석한 얼굴에, 숱이 없는 머리카락, 둔한 몸, 그리고 어깨를 잔뜩 움츠린 채 모든 것을 방어할 생각만 하고 있는 듯한 그런 자세를 보면 그 머릿속까지 알 것 같단 말이죠. 할 줄 아는 건 말 많고 시끄러운 자기 남편들이랑 김흥수에게 밥해 주는 거, 아주 작은 목소리나 아주 듣기 싫을 정도로 새된 목소리로 마이크도 없이 지나가는 사람을 붙잡고 남편들이 하는 대사를 앵무새처럼 반복하려 하는 거. 왜 행인들이 자기들을 뿌리치고 지나가는지 이해하지 못하죠. 처음부터 그렇게 태어난 걸까요, 아니면 그렇게 되어 버린 걸까요? 설마 나도 저 사람들이랑 별반 다르지 않게 나이 드는 건 아니겠지? 그런 걱정을 했죠. 김홍수가 불러온 어른들이 회당에 모여 시끄럽게 논의하던 바로 그날까지만 해도요. 저는 바깥에서 그 얘기를 혼자 엿들었어요. 컨테이너 벽은 얇아서 하나도 방음이 되지 않았죠.

김홍수의 목소리가 들렸어요.

"자매들, 말해 보세요. 우리 딸들이 그 시궁창에서 3년을 더 버텨야 하는지."

아무도 대답하지 않았고 대신 어떤 남자가 이렇게 말하더라고요.

"이건 명백한 탄압이야. 복지를 가장한 폭력이라고. 국가가 가르치는 게 뭔데? 과학, 역사, 국어 시간에 가르치는 게 뭐냐고. 결국 잘못된 것에 대한 복종과 무지야. 다들 바보가 될 거라고. 그들이 하는 말을 믿을 거라고. 우리가 3년 더 애들을 방치하면 돌이키는 데는 13년, 그 이상이 걸릴지도 모르는데. 여자애들은 거기 물들지 않을 만큼 강하지도 못해."

누군가 작은 목소리로 토를 좀 달더군요.

"그렇지만 당장에 애들을 보내지 않으면 벌금을 내야 하는걸요. 벌금을 리더님이 대신 내 주진 않는 거 아닌가요."

다시 김홍수가 대답했어요.

그녀가 말하기를

"자매님. 자매님은 그깟 돈 몇 푼 때문에 신념을 거스르고 딸을 지옥에 몰아넣을 겁니까? 벌 받아요, 자매님. 벌 받을 소리 마세요. 큰일 납니다."

그 모든 말들이 무슨 뜻이었을까요? 저는 어리둥절했죠. 사고의 회로가 뚝 끊겨 버린 것 같았어요. 이해가 잘 되지 않았어요. 중학교는 안 된다고….

그런데, 제가 기억하는 엄마의 마지막 날에도 엄마는 김주호의 교복 바지를 다리고 있었는데요.

○

저는 몰랐어요. 일체의 배움이 열세 살에 멈추어 버린 여자들이 주변에 많았다는 걸요. 그게 그들이 답답하도록 조용히 살았던 이유라는 거. 그런 여자들, 그리고 그 남편들만 김홍수가 공략했다는 거.

제가 아주 나중에… 몹시 나중에 이 말을 누군가에게 했을 때 그 사람은 물었죠.

─ 에헤이, 지금 세상에 그 정도로 못 배운 여자들이 얼마나 있어요?

사람들은 자기 주변에 보이는 것만 진짜 세상이라고 믿고 살죠. 자기가 생각하는 비현실이 어딘가에서는 극사실일 수 있다는 것을 절대 인정하지 못해요.

얘기가 샜네요.

그때 제게 떠오른 가장 큰 의문은 이거였어요. 그런데 남자들은 왜 중학교에도 고등학교에도 가는 거야? 멍청하고 냄새나는 김주호한테 무슨 자격이 있길래 매일 교복을 입고 집을 나설 수 있어? 저는 담임이었던 사람, 그 시인 새끼를 잡고 물었어요. 그러니까 시인 새끼가 그러더라고요.

"우리는 나가서 세상에 맞서 싸워야 하잖니."
"누군 싸울 수 없어요?"
"여자들은 싸우라고 만들어진 존재들이 아냐."

시인 새끼는 제 머리를 쓰다듬었어요. 너무 기분이 엿 같았죠. 한 번만 더 쓰다듬었으면 저는 머리로 그 손을 밀어 버렸을지도 몰라요. 그 새끼는 이렇게 말을 잇더라고요.

"여자들은 평화로운 집을 데우는 존재여야 하지. 자애로운 어머니잖아. 우리 모두의 어머니고. 어머니가 되어야 하는 사람들이고. 충만한 사랑을 준비해야 하지. 그거 아니? 아버지나 선생님처럼 젊은 혁명가들에게는 언제나 위대한 어머니와 따뜻한 애인이 있다는 걸."

씨발.
온몸에 벌레가 돌아다니는 듯 근지러웠죠.
늙은이의 혓바닥을 잡아 뜯고 싶었어요.

그녀가 말하기를

집단적으로 의무교육을 거부하는 것이 결코 좋을 리가 없다는 데 사람들은 합의를 했대요. 2보 전진을 위한 1보 후퇴라나. 어쨌든 그 덕에 저는 다른 여자애들처럼 교복을 입을 수 있었어요. 교복은 끔찍할 줄 알았는데 사실 꽤 괜찮게 어울리더라고요. 물론 그게 진짜 잘 어울리는 애들은 따로 있었지만. 평범한 애들요, 평범한 애들. 너무 평범해서 그 밖의 인생을 상상할 필요가 없는 애들. 이 세상에서 제일 부러운. 초등학교 다음엔 중학교, 중학교 다음엔 고등학교, 라는 길을 너무도 당연하게 생각할 수 있는, 그래서 교복을 답답하게 여기는 그런 애들 말이죠.

3.

"애들이 그러는데 너네 아빠가 또라이래. 진짜야?"

저는 박선우의 얼굴을 가만히 바라보기만 했어요.

"진짜?"

박선우는 똑같은 물음을 다시 한번 뱉더니 덧붙였어요.

"우리 반에서 네가 제일 예쁘다고 그랬더니 애들이 다 그러는 거야. 야 걔는 아무리 예뻐도 건드리면 안 돼, 왜냐고? 걔는 또라이 부대에 있거든. 그냥 또라이도 아니고 거기 대빵 딸이거든. 너 인생 좆 된다."

그렇게 아픈 말을 하면서 동그란 눈을 꿈벅거렸죠.

박선우는 그때 전학 온 지 겨우 한 달밖에 안 된 애였어요. 걔가 처음 왔을 때부터 저를 대놓고 흘깃

대는 거 저는 잘 알고 있었어요. 그래도 제풀에 지치겠지 싶었는데. 그렇게 제게 직구를 날릴 줄은 몰랐어요. 그냥, 제 뒤에서 왼손으론 엄지와 검지를 이용해 동그라미를 만들고 오른손 검지를 세워 그 동그라미 안을 들락거리는 손동작을 하며 쑥덕거리고 낄낄대는 남자애들이랑 똑같은 종자인 줄 알았는데, 그런데 용기가 꽤 가상하더라고요. 솔직하게 말하는 게.

사실을 말하자면요, 저도 제가 이상했어요. 나는 박선우가 좋은 걸까? 저 자신의 마음을 정말 모르겠더라고요. 마음도 이상한데 몸은 더 이상해. 밤에 이불을 펴고 가만히 누워서 천장을 바라보고 있노라면 잠도 안 오고 배꼽 아래가 막 조여들었어요. 가슴을 바윗돌로 누르는 듯 답답했고요. 자다가 이상한 꿈을 꾸고, 아랫도리가 뜨겁고 아파서 후다닥 잠에서 깬 적도 꽤 됐어요. 그럼 진짜 어떻게 해야 할지를 모르겠더라고요. 그래서 배를 깔고 엎드렸어요. 그러고는 바닥에 아랫도리를 마구 문지르는 거죠. 하나도 나아지지는 않았는데 가만히 있을 수는 없었으니까.

그런 느낌이었어요. 제가 가지고 있단 사실조차 인지하지 못했던 존재가 화딱지를 덕지덕지 달고 부풀어 올라 고래고래 소리를 지르고 있는 듯한 느낌. 여기 내가 있다고 여기 네가 모르던 내가 눈 똑똑히 뜬 채 살고 있다고, 그렇게 외치는 것 같은 느낌.

엄마가 있었다면 내가 왜 이러는지 물어볼 수 있

었을까요? 음, 그러지 못했을 것 같아요.

몇 밤을 그렇게 보내고 나서는 일종의 응급처치법을 스스로 알아냈어요. 누군가 저를 안고 있다고 상상하면서 입으로 뜻 없이 끙끙대는 소리를 조금씩 흘려요. 손으로 아래를 문질러요. 그리고 눈앞에 그려 봐요. 제가 아는 얼굴을. 동그란 눈을 가진, 저를 좋아한다고 말하던 그 얼굴을. 그 얼굴을 가진 사람의 팔이에요, 저를 안고 있는 것은.

언젠가는 김주호가 그러더군요. 아마 둘이서 저녁밥을 다 먹고 그릇을 싱크대에 놓을 때였나 봐요. 김주호 등 뒤로 바짝 다가왔는데, 시큼한 냄새가 확 끼쳐 왔죠.

"너 밤마다 자꾸 이상한 소리 내더라."

개새끼가 그 작은 소리를 어떻게 들었을까요.

"몰래 감시하지 마."
"창년 딸 아니랄까 봐. 씨발년아, 냄새 나."

냄새는 너한테서 나는 거고. 저는 대답하고 싶었는데 차마 뱉지 못했어요. 왜냐고요. 저도 김주호가 한 말이 무슨 뜻인지 알았거든요. 저도 궁금했거든요. 제가 스스로의 눈을 가리고 애써 아닌 척, 모르는 척하던 걸 김주호가 방금 이야기했거든요. 창년?

맞아요. 김흥수가 엄마를 때릴 때면 그 말도 썼죠.
맞아. 아비나, 아들이나.

그녀가 말하기를

매일 밤 찾아오는 불같은 느낌들이, 돌이켜 볼 새도 없이 꿈꾸게 되는 이미지들이 제가 아닌 다른 사람들에게도 존재할까 궁금했어요. 회당에 꿇어앉은 그 사람들도 다 이걸 참고 사는 걸까. 그런 의심이 꽃피니까 견딜 수가 없었어요. 무엇이 문제인가. 박선우인가, 멍청한 주위 사람들인가, 죽여 버리고 싶은 김홍수와 김주호인가, 사라진 엄마인가, 아니면 설마, 나와 내 몸인가. 그때가 아마 제가 저 자신에게 가장 많은 말을 한 시기였을 거예요.

◌

용돈이 모일 때마다 박선우는 저를 불러서 노래방에 갔어요. 거기서, 아무 번호나 골라잡아 틀어 놓곤 노래는 안 부르고 제 옷 속으로 손을 넣어 여기저기를 만졌죠. 저는 박선우가 이 노래방을 겨우 한 시간 빌리기 위해서 얼마나 자주 친구들을 뿌리치며 피씨방을 참았고 또 얼마나 오랫동안 나이를 속여가면서 아르바이트를 했는지 잘 알고 있었어요. 일주일에 겨우 한 번 저를 마음대로 만지기 위해. 그리고 집에 혼자 돌아오는 길엔 마구 웃음이 났어요. 김홍수의 얼굴에 대고 외치고 싶었어요. 내가 이렇게 죄를 짓고 있는 걸 보고 있느냐고. 당신이 금했던 걸 저질렀는데도 아무 일이 일어나지 않았고 기분이 몹시 좋았으니 걱정할 게 없다고. 설마 이것도 당신이 떠들기 좋아하는 그런 종류의 음모냐고.

박선우는 노래방 밖에선 저한테 아는 척을 더 이상 하지 않았어요. 학교에서도. 박선우가 머뭇머뭇하기에 제가 먼저 너그럽게 이야기해 줬죠.

"괜찮아, 나랑 친한 거 티 내 봤자 너한테 좋을 게 뭐가 있어."

어쩔 수 없다고 생각했으니까요. 무슨 무슨 데이라는 이름이 붙은 날마다 전교생 앞에서 쪽팔리게 마음을 들이밀고, 시원하게 차이고, 상대를 철천지원수로 여기는 어린애가 되고 싶지는 않았으니까요. 그래 봤자 김흥수가 알면 펄펄 뛰기나 할걸.

그랬는데 3년이 그렇게 빨리 지나갈 줄 누가 알았을까요.

기쁨의 순간은 짧아요. 고난의 기간은 끝이 없고. 저한테만 그런 건 아니겠죠. 고난이, 혹은 자기가 고난받는다고 단단히 착각하게 만드는 것이 사람을 효과적으로 지배하는 도구라는 걸 저는 이미 알아요. 김흥수가 줄곧 써 온 방법이니까.

김주호는 학교에 가고 싶지 않다며 매일 엄청나게 징징거렸어요. 너무 듣기 싫어서 이불을 뒤집어써도 기어코 이불을 뚫고 귓바퀴로 들어오더라고요, 그 소리가. 강자에게 약하고 약자에겐 강한 애라서, 김흥수 닮는 바람에 키도 작고 몸집도 왜소해서, 자꾸만 남자애들이 괴롭혔다나 봐요. 그것도 자기를 둘러싼 이 사회의 음모이려나. 저렇게 나약한 새끼에겐 더 많은 기회가 갈 테고, 저에겐 아무것도 없을 거라고 생각하니 다 죽이고 싶었어요. 근데 그럴 수는 없으니까 이불 속에서 하릴없이 제 몸만 만지작거렸죠. 그게 중학교 졸업식을 하루 앞둔 날이었을 거예요.

다음 날 졸업식에 가지 못했어요. 김홍수가 물건을 제 얼굴로 집어 던져서요. 얼굴 꼴이 말이 아니었거든요.

"그럼 널… 어디에 가야 너를 만날 수 있는 거야?"
"김홍수 애인이 하는 김밥집."

죽고 싶더라고요. 맨날 그랬지만 그땐 더.

"그럼 너는 이제 거기서 장사하는 거야? 학교에는 영영 없어?"

왜 측은한 눈으로 바라보느냐고 소리를 지르고 싶었어요. 그토록 매번 보고 싶어 했던, 죽고 못 살던 박선우의 두 눈을 파내고 싶었어요. 어쩌면 나는 박선우라는 사람이 아니라 저를 바라보던 박선우의 둥근 눈구멍을 사랑했던 걸지도 모르니까요.

"너도 공부하기 싫다며. 그래서 실업계 가는 거라며."
"그래도."
"거기 애들, 맨날 빈집에서 술 먹고 남자 여자 뒤엉켜서 잔다고 그러던데."
"나는 안 그래."
"야, 그걸 내가 어떻게 믿어?"
"믿어 줘. 믿지 않으면 뭐가 달라져?"

저는 입을 꾹 다물 수밖에 없었어요. 박선우 말이 맞으니까요. 걔만 맞이할 수 있는 새로운 세상 앞에서 제가 할 수 있는 것은 아무것도 없잖아요. 숨이 턱 막히더라고요. 이제 머리가 세고 등이 굽은 할머니가 될 때까지, 평일엔 하루 온종일 밥을 지으며, 토요일엔 모르는 동네를 돌고 처음 보는 문을 두드린 후 문전박대를 당하며, 그리고 일요일엔 멍청한 사람들이 한데 모여 존재하지도 않는 음모를 파헤치는 걸 지켜보며 살아야 한다는 사실에 눈물이 났어요. 슬퍼서가 아니라 화가 나서. 저는 슬플 땐 절대로 울지 않거든요.

박선우, 믿으라고? 무엇을, 어떻게?

그런 말이 쉽게 나오나?

○

매일 다리가 아프다고 중얼거리는 여자의 몸뚱이 옆에서 몇백 줄의 김밥을 말았어요. 그러면서 이런 상상을 했죠. 조각낸 내 미래를 사람들이 검은 김에 말아 조금씩 훔쳐가고 있다는 상상. 저는 핸드폰 같은 거 가진 적이 없었는데 박선우는 이미 세 번을 바꿨어요. 노래방에서 내 몸을 더듬을 때도 자꾸 한쪽 손으로는 핸드폰을 만져 댔어요. 김홍수의 망상이 적힌 조악한 출력물을 거리에 가득 쌓아 놓고 옆에 서 있노라면 박선우가 다니는 학교 교복을 입은 여자애들이 제 앞을 지나가곤 했어요. 걔들은 꼭

그녀가 말하기를

떼를 지어 다녀요. 시끄럽게 웃고요. 짧게 줄인 치마나 딱 붙는 조끼 같은 걸 보면 손이 자꾸 소매 안으로 숨더라고요. 제 차림은 언제나 똑같아요. 상의는 흰색, 하의는 검은색. 저한테 채도 같은 건 없어요. 언젠가는 어떤 애들이 지나가다 큰 소리로 제 옷을 비웃었죠.

그래도 박선우는 저를 떠나진 않았어요. 한 번도 그런 적은 없어요. 애를 많이 써 준 거, 저도 알아요. 김밥을 말고 전도를 하고 회당에 나가느라 바쁜 제 시간을 잘 파악해서 그 틈바구니를 비집고 들어왔죠. 그게 참 고맙다가도 다 무슨 소용인가 싶기도 했어요…. 내가 바쁘고 싶어서 바쁜 게 아니니까. 오로지 타의에 의해. 이거야말로 진짜 음모야. 저는 생각했죠.

어쨌든 그 와중에, 박선우는 열아홉 살이 되자마자 현장 실습을 나가야 했어요. 잘만 하면 바로 취직이 된다나요.

"파주라고?"
"응, 엘씨디 만드는 공장에서. 그래서, 만날 수 있는 시간이 얼마나 날지 모르겠어. 괜찮아, 주말에는 자주 볼 수 있을 거야."

하나도 믿음이 안 가더군요.

"한눈팔지 말고."

저는 웃고 말았어요. 제가 뭘 할 수 있는데요? 가능한 일이 아무것도 없잖아요. 이렇게 김밥을 말다가 머릿속이 음모로 가득 찬 어떤 남자를 만나 세상을 원망하며 살 테죠. 그 남자와 결혼하게 될 테니까요. 박선우보다 못한 누군가와. 그리고 박선우와 했던 그 모든 일들을 그 멍청이와 똑같이 다시 해야겠죠. 지루하게.

그때 제가 처음으로 박선우에게 그런 말을 했어요.

"박선우."

"응?"

"벗어날 날이 올까?"

"내가 구할 거야."

"웃기지 마, 너 돈은 있어? 힘이 있어? 겨우 네가 어떻게 나를."

깊은 구덩이에 빠졌어요. 김흥수가 판 구덩이에. 누군가가 날 구해 주길 바라는 바로 그 마음이 내 가슴을 찌르고 치사량의 피를 내는 걸 느낄 수 있었어요. 어느 누구에게도 잘못한 적이 없는데, 왜 내가 속한 이 왜곡된 세상에서 나는 이렇게 하찮아졌을까. 누가 저를 구해 줄까 머리를 아무리 굴려도, 아무도 없었어요. 아무도. 스스로에게 거듭 묻는 사이에 확실해진 사실 하나는 있었어요. 누군가 나를 너무 불행하게 만들고 있다는 것. 내가 아무리 발버둥 쳐도 소용없도록 내리누르고 있다는 것.

○

그녀가 말하기를

시인 새끼가 제 허리에 손을 감고 귀에 입을 갖다 대었다는 걸 김홍수에게 이야기하니까 김홍수는.

기뻐했어요.

좋은 일 하는 사람이라고. 생각이 바른 사람이라고. 세상 모든 여자들이 돈이랑 명예에 미쳐서, 그래서 그 사람은 아직도 짝을 찾지 못한 것이라고. 영혼이 맑은 사람이라고. 김홍수의 애인은 옆에서 거들었죠. 너도 선생님을 좋아해서 모시려 했던 것 아니었니? 그 여자가 김에 참기름을 바르다 말고 그렇게 말했을 때 저는 한 번도 상상해 보지 못했던 가능성을 알게 되어 소스라쳤어요.

생각해 보면요. 스무 살이 된 내게 김홍수가 무얼 원하겠어요? 자신의 오른팔이 된 자칭 '젊은' 혁명가에게 밥해 줄 사람이 되길 바라겠지요.

몇 날 며칠을 잠도 못 자고 생각했어요. 그 사람과 입을 맞출 수 있을까. 내 알몸을 보여 줄 수 있을까. 아니, 보나 마나 흉측할 게 뻔한 그의 늙은 알몸을 눈살 찌푸리지 않고 바라볼 수 있을까. 맥락 없이 구부러진 그의 음모들이 방바닥에 떨어져 있는 걸 견딜 수 있을까. 역겨움 없이 걸레로 훔쳐 낼 수 있을까.

제 질문에 답해 줄 사람이 아무도 없었어요. 엄마, 엄마는 어떤 방법으로 그것을 견뎠어?

스무 살이 된 해의 1월, 눈과 비가 질퍽하게 섞여 내리던 날에 박선우가 김밥집의 문을 열고 들어왔죠. 주문하라고 놓아둔 메모지에 뭔가 쓰길래 받아 보니 추위에 손이 곱아 비뚜름하게 쓴 글씨가 보였어요.

　10시에, 미니스톱 앞으로.

　미니스톱 앞에는 박선우만 있는 게 아니었어요. 안경을 쓴 남자가 함께였죠.

그녀가 말하기를

4.

안경은 김밥집 여자의 남편이라고 했어요. 4년 전에 집 나간 여편네를 찾아 — 그러고 보니, 그때 딱 그 여자가 우리 앞에 처음 모습을 드러냈더군요. — 여기까지 왔다더군요. 자기가 그토록 사랑을 퍼 줬는데 어떻게 이럴 수가 있냐고 묻데요. 전 가만히 있었어요. 왜냐? 사람들이 밖에서 하는 예쁘고 착한 말 하나도 믿을 수 없단 거, 김홍수를 봐 온 저는 이미 잘 알고 있었으니까.

그 사람, 좀 웃겼어요. 김홍수를 어떻게든 매장하고 싶다고, 자기 여자를 뺏은 그 남자에게 쪽을 주곤 여자를 다시 데려오고 싶다고. 그 사람이 쪽을 당할 것 같아요? 저는 묻고 싶었죠. 모두가 김홍수 그놈이 불륜 저지르고 있는 걸 빤히 알아도, 그래도 세상에 둘도 없을 사랑이라며 또 정신머리 제대로 박힌 사람끼리의 만남이라며 발 벗고 나서서 변

호해 주는데. 하지만 안경에게 굳이 현실을 보여 줄 필요는 없었어요. 내겐 내가 더 중요하고, 또 옆에 있던 박선우가 더 중요했으니까요.

박선우가 나를 위해 이 사람을 데려왔단 거, 그게 제겐 흥분되는 지점이었죠. 박선우가 말했다고 했어요. 내가 안경을 도와줄 수 있다고. 안경은 딸년이 어떻게 제 아버지를 배신할 수 있냐며 처음엔 안 믿었대요. 저는 그 얘길 듣고, 태어나서 가장 많이 웃었던 것 같아요.

"제가 뭘 어떻게 도와 드려야 되는데요?"

"나는 아가씨가 모르는 걸 알거든. 그런데 내가 이야기해 봤자 좆도 안 듣는단 말이지, 모두. 그러니까 아가씨가 나서 줘요. 아가씨가 정의의 투사가 되어 주면 되는 거야."

"뭘 위해서요?"

"아가씨를 위해선데. 아가씨, 정말로 모르나 봐? 아가씨가 무슨 일을 겪고 있는지 말이야."

뭐라고 하는 걸까요, 이 늙은이가?

"아가씨, 당신 아버지 생각보다 더 막장이에요. 궁금하지 않아? 아버지가 어떻게 돈을 벌었는지에 대해서 말이야. 당신 엄마가 어디 갔는지에 대해서 말이야. 아가씨, 이건 내가 아니라 아가씨를 위한 일이기도 해."

그 사람은 말이야, 라는 말을 참 많이 쓰더라고요. 별로 중요하지도 않은 말을 강조할 때 말이야, 라는 말을 참 많이 쓰죠? 듣기 싫게.

그녀가 말하기를

저는 박선우를 쳐다봤어요.

"애가 들어도 되는 거예요?"

그러니까 박선우가 말하더라고요.

"나는 오래전부터, 알았어."

어?

"다 알았다고. 중학교 때부턴가."

"마누라가 없어지고 나서 집을 아주 이 잡듯이
뒤졌어요. 탈탈 털었지 말이야. 어디 갔는지 아주
가느다란 실마리라도 찾으려고. 장인 장모도 몰
라. 집에서는 아무것도 안 나오니 미칠 것 같은
거야. 그럴 땐 잠도 안 와요. 잠이 올 리가 없지
말이야. 그렇게 매일매일을 뜬눈으로 보내니까
무슨 일이 되겠나 이 말이야. 직장에도 못 나갔고
핸드폰만 만져 댔어. 그걸로 고스톱을 치면서 욕
을 하고 아무 게임이나 골라잡아 하면서 욕을 하
고 포털 사이트 기사 보면서 욕을 하고 말이야.
보다 못한 누가 그러더라고, 잠이 안 오면 핸드폰
을 보고 있지 말고, 뭘 틀어 놓고 듣고만 있으래.
그러면 눈이라도 쉴 수 있으니까 말이야. 그때 갑
자기 기억이 났어. 마누라가 매일 귓구멍을 이어
폰으로 틀어막고 있던 게 말이야. 밥을 먹을 때는
아예 스피커로 그걸 자주 틀어 났어. 시끄러워서
미칠 지경이었는데 뭐라 하면 화를 벌컥벌컥 냈
었지. 닥치고 밥이나 처먹으라고, 그게 네가 살아
가는 유일한 이유 아니냐면서 말이야. 뇌가 없이

돼지 같은 삶을 살고 있으니 정말 마음 편하겠다고도 했었고. 정말로 할 게 없어서, 할 수 있는 게 없어서 마누라가 그때 뭘 듣고 있었는지 찾아야겠다고 생각했어. 기억나는 건 마누라가 방송을 듣던 시간이랑 시그널 음악 정도였는데 채널을 찾는 데 닷새 정도 걸렸지. 그리고 거기서 마누라 목소리를 들은 것도 그때부터 딱 닷새 후였고 말이야. 우리 마누라, 거기서 잘 나가데…."

사실 그런 건 당신 사정이라 별로 안 궁금했단 말이고요.

"그래서, 저만 모르는 게 뭔데요?"

사람들이 나를 안대요. 몰래 찍은 수많은 내 얼굴, 아무것도 입지 않은 알몸, 자는 모습 싸는 모습, 그런 걸 다 안대요. 우리 집 부엌, 침실, 화장실이 어떻게 생겼는지도 안다고요.

5년 전 어느 날 학교 화장실에는 김주리 걸레년이라는 낙서가 적혀 있었죠. 누구한테 말해야 할지 알 수 없어서 그냥 넘어갔어요. "허벅지에 멍이 있던데 어디서 다쳤니?"라고 시인 새끼가 저한테 물은 적이 있었죠. 제가 기억하는 한 시인 새끼 앞에서 전 언제나 긴바지를 입고 있었고 허벅지에 있는 건 멍이 아니라 아주 커다랗고 파란 점이었죠.

"너도 본 적이 있어?" 제가 물으니까 박선우는 대답을 하지 않았어요.

그녀가 말하기를

안경이 옆에서 말을 이었죠.

"아가씨 아버지가 어떻게 돈을 모았는지 여태껏 궁금해하지 않았다는 게 더 신기해. 회사도 안 다니고 일도 안 하고 맨날 마이크 앞에서 떠들기나 하는데 말이야, 어떻게 건물을 몇 개씩 세우고 사람들을 모을 수 있었는지 왜 궁금해하지 않았던 거지?"

"다른 사람들도 팔아요?"

"많아, 많아. 많이들 팔지 말이야."

"어떻게 그런 짓을 저질러요?"

"사람이 아니니까 말이지."

"뭐라고요?"

"커다란 뜻을 이루기 위해 희생해야 하는 것들이 있고 여자들은 희생해도 되는 것이니까. 그렇게 마누라랑 딸 얼굴이랑 몸 팔아 번 돈으로 세상 똑바로 세운다는 운동 하니까, 그 사람들 다 말이지. 증마 새끼들 다."

이게 무슨 쌍팔년도 얘기냐고요, 이걸 내가 어떻게 믿냐고요, 싶었는데 둘이서 너무나 확신에 찬 눈빛으로 저를 바라보니까 말문이 막히더군요.

"그래서 제가 폭로해 줬으면 좋겠다는 거예요?"

"그렇지."

"증거는요."

"증거가 왜 없어. 증거를 아가씨가 보고 싶지 않은 것뿐이지 말이야."

박선우가 보여 줬어요.

저는 제 몸이 그렇게 생긴 줄을 몰랐어요. 내가 다리 쩍쩍 벌리고 앉을 때마다 옆에서 잔소리 작렬인 정수 아줌마랑, 김밥 한 줄 먹으면서 단무지는 일곱 그릇 먹는 희찬네 누나랑, 김홍수 주위를 맴돌다 김홍수 애인한테 쿠사리를 몇 번이나 먹은 동호네 엄마, 이름은 모르겠는 그 아줌마까지 다. 그 사람들 몸이 그렇게 생긴 줄 몰랐어요. 평소에는 꽁꽁 싸맨 옷에 잘 가려져 있으니까.

우리는 같은 이름으로 묶여 있었어요. [리얼물] 58궁녀 춘년 라이브. '르ㅇ 우리 옆집 누나처럼 생겨서 깜짝 놀랐다'는 댓글이 3할이었죠. 현실적이니까 좋다는 댓글 3할과 굳이 이렇게 현실적이어야 했냐 묻는 댓글 4할. 나머지는 뜻도 없는 'ㅋ'의 연속이나 꼴린다는 댓글들. 우리를 담은 사진이나 영상은 매일 많은 곳에 전송되었어요. 꾸준히 누군지 모를 사람에게 제가 수혈되었죠. 수백 명의 사람들이 저의 생리 주기까지 알고 있었어요. 저는 절대 남에게 티를 내지 말아야 한다고 배워서, 그래서 생리대가 든 주머니조차 남에게 보이지 않도록 소매 속에 꽁꽁 숨긴 후 후다닥 화장실에 다녀오곤 했는데.

다 보여 주고 있었어요. 그 사람들은 다 나를 봤고, 나는 누가 나를 봤는지 보지 못하고. 박선우가 손을 뻗더니 제 머리를 쓰다듬었어요. 너도 돈을 내고 이걸 봤냐고 저는 물었어요. 박선우는 아니라고 했죠. 그런 영상이 돌아다니는 건 중학교 때부터 알았지만 본 적은 한 번도 없다고, 안경이 보여 줘서 알게 됐다고. 제가 그 말을 어떻게 믿어요. 내가 믿

그녀가 말하기를

을 수 있는 게 뭐냐고요.

박선우는 안경을 공장 기숙사에서 만났다고 했
어요. 같이 케이블 보다가 증마 광고가 나왔을 때
서로의 사정을 처음 알게 되었던 거죠. 그리고 보면
세상 정말 좁아요. 그러니까 나쁜 짓 하고 살면 안
되는 건데.

안경은 마흔이나 됐다는데 박선우는 그 사람을
계속 형이라고 불렀어요.

눈앞에 있는 냄비에서 김이 모락모락 나고 있었
어요. 안경이랑 박선우는 열심히 오뎅 국물을 퍼먹
었어요. 냄비 안에 들어가는 몇 개의 숟가락을 바라
보고 있노라니 도저히 그걸 먹을 마음이 들지 않았
어요. 아가씨, 왜 안 먹어? 안경이 자기 젓가락으로
어묵을 건져 제 앞 접시에 올려 주며 말했죠.

"아빠 닮아서 의심이 많은 거야? 그래서 밖에서
요리한 건 아무것도 안 먹는 거야?"

이 모든 게 꿈은 아닐까? 저는 더운 김으로 뿌옇
게 변한 투다리 내부를 휘휘 둘러보면서 말을 삼켰
어요. 아주 나중에 이 광경을 다시 떠올릴 때 기억
날 것이 이 집 처마에 매달려 있는 아주 노란 불빛
같은 것뿐이라면 얼마나 좋을까 생각했어요. 돼지
고기며 대파 조각, 은행 같은 것들이 구워지며 나는
냄새와 연기, 지금 내 옆에 나란히 앉아 있는 박선
우의 콧대며 나를 향하는 눈빛 같은 것만 기억나면

얼마나 좋을까. 하지만 그런 것들은 누군가 숨기고 있던 진실을 이기기엔 너무나 작고 약하고 단단하지 못하죠.

그녀가 말하기를

5.

가끔 저도 모르게 햄을 빼고 김밥을 싸곤 했어요. 속 재료 중에서 가장 사람 살의 색깔이나 감촉을 많이 닮은 것이어서 만지기도 싫었으니까. 그러면 어김없이 여자가 꿍얼거렸죠. 제게는 거기 대답해 줄 틈이 없었어요. 머릿속이 온통 안경이랑 박선우와 만나 세웠던 계획으로 가득 차 있었거든요.

"사고를 크게 쳐 버리지 않으면 오히려 역효과가 날지도 몰라."

안경은 제가 김홍수를 엿 먹이자는 계획에 함께 할 거라는 확신을 가진 후부터는 편하게 그런 말들을 하곤 했어요.

"아가씨만이 할 수 있는 걸 해 줘야지 말이야. 누구나가 다 할 수 있는 일들을 해서는 안 돼. 이목을 확 끌어야지. 묻혀 버릴 수 있는 일을 해서는 안 돼."

그땐 몰랐죠. 자기야 장막 뒤에 서서 조종만 할 사람이니까 그렇게 편한 말을 지껄이는 게 가능했다는 사실을요. 모든 사람들에겐 결국 각자의 이익과 욕망의 충족이 가장 중요한데.

박선우와 안경이 처음 생각해 낸 계획은 증마의 여자들에게 폭로하는 거였어요. 그게 가장 쉽지 않을까? 자기 얘긴데. 당사자인데. 박선우와 안경이 그렇게 말을 했는데 저는 좀 생각이 달랐어요.

"여자들이 그걸 안다고 쳐요. 무엇이 달라질 것 같아요?"

"응?"

"증마에 그런 사람만 모아 놓은 거 알잖아요. 아저씨가 더 잘 알잖아. 맨날 아저씨가 씨부리잖아, 중학교도 못 간 마누라가 그렇게 맹랑하고 발랑까졌을 줄 몰랐다고. 그렇게 말하는 이유가 뭔데요? 중학교도 못 갔으니까 맘대로 주무를 수 있을 거라고 확신했던 거잖아. 맞아요, 아저씨 마누라가 아저씨가 말한 대로의 사람이라면 난 년인 거고, 대부분은 자기가 남자 없이 못 산다고 확신하는 사람들이니까, 보고도 못 본 척할 거예요. 마음속에 묻을 거라고요."

"설마."

"어떻게 그렇게 되는지도 말해 줄까요? 일단 자기가 이 촌년 컬렉션 사이에 있는지 확인해. 없으면 끝이야. 있으면 그다음엔 자기 남편 눈치를 봐. 왜냐고요? 자기 남편이 자길 버릴까 봐 너무나 두

려운 거죠. 더럽혀졌다고 창년이라고 버릴까 봐. 그럼 자긴 버려져서 죽을 거라고 생각하는 거죠. 자기 남자가 주동자일 거라고 상상해 볼 힘도 없어요. 자기 인생 자체를 부정당하는 거니까."

"그럼 그다음엔."

"안 버려지면 감격하죠. 남편이 같이 사는 남자에서 은인으로 격상하는 순간인데, 증마 사람들이 그런 기회를 놓칠 것 같아요? 절대, 그럴 리가. 남들이 모두 더러운 짓 하는 와중에도 나만큼은 너를 지켜 냈다, 고고하게. 그런 티를 내면서 슬슬 몸이나 만질 거라고요."

"그럼 자기 가족은 믿는다 해도 다른 증마 사람들은 못 믿게 되니까 결국 증마로선 치명적이지 않을까 생각했지 말이야."

"아저씨, 생각을 좀 해 보세요. 내 남편도 아닌데 네 남편도 아니래. 옆집 남편도 아니고 윗집 남편도 아니래. 그게 김홍수가 탈출할 가장 큰 개구멍 아니에요? 누군가 증마를 무너뜨리고 모욕하기 위해 음모를 꾸몄다! 그러면 완전 게임 끝이잖아요. 아저씨, 증마는 없는 음모를 스스로 만들어서 뜯어 먹고 사는 사람들이에요. 아저씨 말대로 했다간 아주 그냥, 삼대가 대대손손 배불리 먹을 떡밥을 던져 주는 거겠어요, 아주."

우리 둘이서 설왕설래하는 동안 박선우는 아무 말이 없었어요. 옆을 힐끗 보니 고개가 꾸벅꾸벅 떨어지더라고요. 설마 졸아?

"야."

"아."

멍청해도 얼굴이나 몸은 참 예뻤는데, 남 앞에 같
이 있으니까 자꾸 멍청함만 크게 보였어요. 스무 살
이 넘어가니까 슬슬 배도 나오기 시작했고. 기숙사
에서 형들이랑 뭘 그렇게 먹어 대는 건지 모를 일이
었어요. 가끔은 걔의 눈에 언뜻 지나가는 이상한 빛
이 궁금해지기도 했어요. 후회일까? 어차피 이 세
상에 널리고 널린 게 여잔데, 어렸을 때 잠시 사귀
었던 애를 측은하게 여기다 이렇게 일을 키워 버린
자신에 대한 짜증일까? 이런 생각을 하는 제가, 꼬
인 사람으로 보여요?

안경과 한참을 이야기하다 그랬죠. "아 모르겠고
요, 아저씨. 그냥 매스컴에 제보 때리면 안 돼요? 뭐
〈그것이 알고 싶다〉 그런 거 있잖아."

"약속해 줘라, 그런 짓은 안 하기로 말이야."
"아, 왜."
"내 마누라 인생 망하는 건 싫다."
"아저씨한테 돌아가는 건 인생 망하는 게 아니
고?"
"아가씨. 맞고 싶지?"

그때 알아봤어야 하는 건데 그랬죠.

◌

김홍수나 김밥집 여자의 눈을 피해 만날 수 있는

그녀가 말하기를

시간이 많지 않았기 때문에 짧은 시간 동안 머리를 있는 힘껏 굴렸어요. 결국 방법 하나를 어렵사리 합의했죠. 눈에는 눈, 이에는 이라고 하더라고요. 김홍수가 어떻게 자기 존재를 세상에 알렸어? 어떻게 자기 말에 껌벅 죽는 사람들을 모았어? 그걸 나도 똑같이 해 보란 거죠.

내 얼굴을 걸고.

"아가씨가 얼굴 까고 나와야 이게 근거 없는 비방이나 관종이 어그로 끄는 게 아니란 걸 알지. 진정성이 중요하다고, 진정성 말이야."
"그거 외엔 방법이 없을까요?"

박선우가 물었어요.

"너라면 얼굴 안 까고 이야기하는 걸 믿겠냐?"

안경이 되묻는 말에 박선우는 아무 말도 덧붙이지 못했죠. 저는 하겠다고 했어요. 어차피 제 인생은 여기서 더 아래로 떨어질 순 없을 것 같았으니까 뭐 어떻게든 하겠다고 했죠.

안경이나 저나 박선우나 집도 돈도 없기는 매한가지였죠. 녹화 당일에는 파주에 있는 기숙사에 몰래 들어가서 찍었어요. 기숙사는 월롱역 근처에 있었는데 그거 말고는 정말 아무것도 없는 동네였죠. 마치 증마의 회당이 있는 곳과 비슷했어요. 황량한 두렁을 따라서 우리 셋은 휘청거리며 걸었죠. 그러다 보면 아주 오래되어 색이 바래고 귀퉁이가 썩은 삐라들이 흙에 반쯤 묻혀 있는 걸 아주 많이 볼 수 있었어요. 조금 더 걸으니 작은 벽돌집들이 늘어서 있었고 집집마다 어디서 얻어 왔는지 모를 개 두어 마리들이 매여 있었죠. 그 개들이 컹컹 짖었어요. 개집 앞의 밥그릇엔 아마도 찌개와, 남은 쌀밥이었을 잔반이 말라붙어 있었고요. 저는 그 개들이 증마의 여자들 같다는 생각을 했어요. 줄에 매여 말뚝을 중심으로 원형을 그리며 아주 좁은 반경 내만 왕복할 수밖에 없는 개. 저는 지금 줄을 끊어 버리려 하죠. 그러다 오토바이를 탄 개장수에게 잡혀 두들겨 맞고 죽을 수도 있고. 미래가 어떻게 될지 저로서는 전혀 알 수 없는 일이죠. 사실 안경이나 박선우는 이 일이 실패해도 손해 볼 게 하나 없다는 생각이 문득 들었어요. 저랑 출발 지점 자체가 다르니까. 개가 아니니까.

안경이 어디서 구했는지 몰라도 허접한 촬영 장비나마 마련해 방에 설치했어요. 같이 집을 쓰는 남자가 넷 더 있었죠. 분명 그 시간엔 집을 비워 주기로 했다고 들었는데 뭐가 그리 궁금한지 제가 올 때까지 나가지 않고 있었더라고요. 저를 흘끗 보고 박선우의 팔뚝을 툭툭 치면서 그제야 나갔죠. 그 사람들.

"마이크 테스트 해 봐."
"제가 어떻게 나오는지 볼 수 있어요?"
"오케이, 소리 잘 들어온다."
"아뇨, 진짜 물어본 건데."
"어떻게 나오든 그게 그렇게 중요한가? 여자들 참."

그녀가 말하기를

그놈의 아가씨, 여자들 타령. 저는 대구를 하지 않고 자리에서 일어나 카메라 옆으로 섰어요. 돌려 봐요. 제가 말했어요. 작은 화면 속의 저는 아주 지저분하고 불쌍해 보였죠. 강아지일 때 채운 작은 목줄 위로 살이 자라 버린 똥개처럼.

"이게 풀리면 아가씨는 집에도 못 들어갈 텐데 어떻게 할 거야?"

안경이 묻자 박선우가 대신 대답했어요.

"어차피 저도 기숙사에서 나갈 생각 하고 있었는데 일단 저랑 반반 내고 같이 살면 어떨까 해서요."

"너야 일하니까 그렇다 치고 쟤한테 그럴 돈이 있냐?"

"쟤도 일해야죠."

"중졸 주제에 무슨 일을 할 수 있어?"

"김밥은 잘 말 거예요."

응?

"뭐 해, 빨리 앉아. 시간 없어."

안경이 말했어요. 박선우는 꿔다 놓은 보릿자루처럼 멀거니 있다가 녹화 버튼이 눌리기 전에 거실로 나갔어요. 티브이를 켜는 소리가 방에까지 들리더군요.

6.

저는 안경이 저를 찍은 영상으로 뭘 할지 잘 몰랐어요. 왜냐하면 정말로 그런 걸 접해 본 적이 없거든요. 인터넷 커뮤니티라든가, 동영상 사이트 같은 것들. 이 세상에 아직도 그런 걸 안 접해 본 사람이 있냐고, 거짓말 아니냐고 나중에 누군가 제 얼굴 앞에서 웃었던 적이 있죠. 제가 말했잖아요. 사람들은 자기가 실제로 본 삶 이외의 것은 비현실로 치부한다고.

자극적인 제목을 써야 하고 영상은 매일매일 빼먹지 않고 꾸준히 올려야 하며 첫 두 개 정도의 영상 조회 수가 1000은 넘어야 할 거라고 안경은 말했어요.

"그래야 추천 동영상으로도 떠서 더 많은 사람들이 들어와 볼 수 있다고."
"그런 건 어디서 가르쳐 주는데요?"

그녀가 말하기를

"아는 형이 게임 방송 하는데 말이야."

"이게 게임 방송이에요? 전 인생 걸고 하는 건데."

"아가씨, 무슨 헛소리를 하니. 중졸이라도 대가리를 폼으로 달고 다니면 안 되지. 알고리즘 얘기야, 알고리즘 말이야. 머리로 이해를 좀 하고 씨부려 주겠어?"

혼자 경의중앙선 열차를 타고 돌아오는데 그때서야 가슴이 쿵 내려앉았어요. 왜, 큰일 날 짓을 저지르고는 인지하지 못하고 있다가 나중에서야 자각하고 뒤늦게 미쳐 버릴 것 같이 심장이 거세게 뛰고 후회가 파도처럼 밀려오는 그런 기분 있잖아요. 그런 기분들.

선불 핸드폰을 만드는 방법을 곱씹으면서 열차에서 내렸어요. 안경은 딱 나흘 후 자정부터 영상들을 하루에 한 개씩 차례차례 업로드하겠다고 했죠. 제가 옷을 갈아입으며 종일 찍은 일곱 개의 영상들을. 일주일 안에 결판을 내야 한다고, 안 그러면 아무도 보지 않는 영상으로 묻힐 거라고 안경은 잔뜩 걱정했어요.

분명 나흘 후라고 했는데. 이틀 만에 첫 번째 영상이 올라왔고 링크가 증마의 이런저런 게시물들에 제멋대로 연결되었어요. 영상의 제목은 이랬죠.

[충격주의] 생부가 시켜서 자기 몸캠 판 여자 썰 푼다(1)! ※증마 리더의 실체※

영상이 업로드되었을 때 저는 회당에 있었죠. 김

홍수와 김주호가 옆방에 있는 회당에요. 그리고 그걸 업로드한다는 이야길 안경도 박선우도 제게 먼저 해 주지 않았어요. 선불 폰도 만들었고 번호도 알려 줬음에도 불구하고.

신문을 갈기갈기 찢고 수제비를 떠먹던 사람들이 술렁일 때 저는 조리실에서 그 사람들 먹일 과일을 손질하고 있었죠. 그래서 가장 늦게 사실을 알았어요. 조리실이 아니었으면 어땠을까요? 지금 이렇게 이야기를 들려줄 수 없었을지도 몰라요. 그런 생각을 해 본 적은 없었는데 막상 닥치니 알겠더군요, 조리실은 무기가 참 많은 곳이라는 사실을.

○

아, 회당이 어디 있는지 말씀을 안 드렸죠? 산 좋고 물 좋은 경기도 가평에 있어요. 대학생들이 술을 궤짝으로 사 들고 와서 실컷 마시고 토하고 소리 지르고 어둠 속에서 서로의 몸을 더듬는 곳이죠. 거기에 아주아주 커다란 강당 같은 걸 하나 지어 놓고 만나는 거예요. 죽치고 사는 사람도 있고, 일주일에 한 번만 드나드는 사람도 있고. 자갈이 깔린 주차장이 있긴 한데 거기 있는 차종은 커다란 45인승 버스, 그리고 김흥수의 낡은 아반떼뿐이에요. 그것만 몇 대가 늘어서 있죠. 회당에는 자가용을 가지고 올 수 없거든요. 버스들이 매일 정해진 시간에 정해진 노선을 돌며 사람들을 태워 왔어요. 김흥수가 정한

그녀가 말하기를

룰이에요. 자가용을 서로 비교하게 되는 순간 증마의 동지애는 깨질 거라고.

정말 그럴듯하지 않아요? 그렇게 쉽게 모두의 발을 묶어 놓을 수 있단 게. 김홍수가 버스를 출발시키지 않는다면 40분 동안 걸어서 빨간 광역버스가 다니는 정류장까지 가야 하고 거기서 한 시간에 한 대 오는 버스를 기다려야 하고 그 안에 실려서 또 한 시간을, 차가 막힐 경우 두세 시간을 버텨야 서울에 도착할 수 있죠. 그러니 오는 건 쉽지만, 나가는 건 결코 쉽지 않은 거예요.

그런데 그게 제겐 천운이었지 뭐예요. 김홍수와 김주호 빼고는 누구에게도 기동력이 없었다는 것. 4789 흰색 아반떼만 피하면 되었다는 것. 그리고 김홍수 자신은 동요한 사람들을 감언이설로 진정시키기 위해, 혹은 또 다른 음모론을 설파하기 위해, 그것도 아니면 이탈하지 않도록 감시하기 위해 회당에 남았어야 했고요. 결국 아반떼를 본 건 김주호였어요. 김주호야 따돌리기 쉽죠. 내가 칼을 들었는데. 내 방수 앞치마에서 피가 뚝뚝 떨어지는데. 뜨거운 물을 뒤집어쓴 사람이 이미 다섯인데. 제가 20여 년을 같이 산 생물학적 형제를 모를까요. 절대 자기 몸에 해가 갈 일은 하지 못할 위인이죠.

어찌 됐건 기동력이란 건 저에게도 없었고 돈조차도 없었고 가지고 나온 거라곤 선불 폰뿐이니 하염없이 걸을 수밖에요. 피가 흐르는 방수 앞치마는 진작에 집어 던졌고 — 누구의 피였는지는 모르겠더라고요. 제 앞을 막는 것이 인간이든 물건이든 닥치는 대로 칼을 휘둘러 댔으니 말이에요. 김홍수의 것이면 좋겠다고 생각하긴 했죠. 다른 사람의 것이라면 조금 미안했을 것 같기도 해서. — 혹시 몰라 칼은 계속 들고 있는 상태였죠. 사람들이 드문드문 보이기 시작했을 때, 칼을 보이면 안 될 것 같아 입고 있던 외투를 벗어 칼을 안에 넣고 둘둘 말았어요. 아직 2월 말이어서 정말 추웠죠. 이가 사정없이 위아래로 부딪혔어요. 그런데 겨드랑이에선 땀이 흐르고요. 그냥 땀이 찬 정도가 아니라 정말로, 겨드랑이에 흥건하게 맺힌 땀이 방울방울 제 옆구리를 타고 떨어지는 게 느껴질 정도였어요. 손발은 춥고 몸은 덥고. 그 열이 식으면서 온몸이 으슬으슬 떨리고. 제가 오래 살진 않았지만 지금까지의 인생 중 가장 이상한 순간이었어요, 그때가. 흥분, 추위, 공포, 그리고 누군가를 찔렀다는 두근거림.

버스 탈 돈도 없어서 이정표를 보며 마냥 걸었죠. 서울에만 도착하면 누구에게든 구걸을 할 수 있을 것 같아서. 여차하면 논두렁 쪽으로 도망칠 각오로, 신경을 곤두세우면서 발목에 스프링을 장착한 것처럼 걸었어요. 대성리쯤에 와서야, 대학생 한 무리를 만나 버스비를 얻을 수 있었어요. 아직 입학 전이라는 스무 살짜리들이 저를 동물원 원숭이처럼 바라보았어요. 킥킥 웃으면서. 킥킥, 낄낄. 그 와중에 어떤 놈 하나가 제 옆에 앉아서 계속 이런저런 걸 묻더라고요. 제가 한국인이 아니라고 생각하는 것 같아서, 한국인이 아닌 척했어요. 아무렇게나 이상한 억양으로 이상한 발음을 몇 번 뱉었더니 역시 한국 사람들이 너무나 악하다고, 그렇지만 모두 그런 건 아니라고, 부디 행복한 삶을 살 수 있었으면 좋겠다고 영어로 말하면서 멋대로 손을 잡고 어깨를 어루만지더라고요. 영어를 아냐고요? 제가 영어를 어떻게 알아요. 그냥 그 새끼가 그렇게 이야기했다고 제가 상상한 거예요. 저는 대답했죠. 땡큐, 땡큐, 아임 쌔드, 코리아 배드 배드.

종점인 잠실에서 내려선 파주로 가기 위해 전철을 몇 번이나 갈아탔어요. 그건 좀 쉬웠죠. 화장실 드나들라고 만든 비상문을 통과하면 되거든요. 썩은 지하철 공사에 돈을 한 푼도 바칠 수 없다면서 김홍수가 연습시킨 방법이라 아주 익숙하죠.

월롱역에서 기숙사로 가는 길을 내가 기억할까, 했는데 막상 걸음을 디뎌 보니 어디로 가야 할지 알겠더라고요. 그 길이 제가 살면서 걸은 모든 길 중 가장 길었던 것 같아요. 갔는데 안경이나 박선우가 없으면 어떡하지, 로 시작하는 걱정 때문이었죠. 혹시 안경이 주동자라는 걸 김홍수가 이미 알아냈다면. 내가 이렇게 구걸하고 거짓을 말하며 미적대는 동안, 가평 쪽을 수습하고 아반떼를 몰아 여기 와서 나를 기다리고 있다면. 그런 상상이 자꾸만 논두렁에서 펄쩍펄쩍 뛰어나와 거머리처럼 제 발목을 잡고 피를 빨았어요. 놓아 주지 않았어요. 그래서 몇 번을 멈춰야 했지요. 해는 이미 거의 진 상태였어요.

기숙사에 도착해 보니 안경과 박선우가 모두 있

었어요. 너무 힘이 들어서, 왜 약속을 어기고 그렇게 빨리 영상을 올렸냐, 같은 것을 물을 수조차 없었죠. 그냥 풀썩 쓰러져서 잘 수밖에 없었어요. 안경과 박선우 둘이서 한 방을 썼는데, 들어 보니 그날엔 박선우가 거실에서 잤다죠. 안경은 자기 이부자리를 펴고 제 옆에서 잤대요. 저는 몰랐어요. 일어나 보니 이미 둘 다 출근한 후였거든요.

퇴근해 돌아온 안경에게 왜 약속한 날보다 빨리 영상을 올렸냐고 물으니까 박선우를 탓했어요.

"임시 저장을 하라고 했더니 새끼가, 그냥 등록을 눌러 버린 거야."

"절 바보로 아세요?"

"왜 이렇게 까칠해, 아가씨. 아가씨가 이렇게 까칠하게 굴면 쓰나."

박선우는 말이 없었어요.

"야, 맞아? 네가 그랬어?"

제 물음에 고개를 끄덕였죠. 미안하다고 싹싹 빌더라고요. 그러니 뭐라 토를 달 수도 없었어요. 어쨌든 나는 살아 돌아왔으니.

그녀가 말하기를

7.

준비한 일곱 개의 영상 중 다섯 개 정도가 올라간 후부터 안경은 초조함을 숨기지 못했어요.

"이렇게 조회 수가 떨어질 수가 있냐 말이야."

첫 번째 영상은 나쁘지 않았어요. *어, 나 저 여자 캠 진심 본 적 있는데.* 라는 댓글이 달린 효과가 컸죠. 안경은 그 댓글을 목록 맨 위쪽에 고정해 놓았어요. 그리고 밑에 답글을 달았죠. *백 퍼센트 레알 실화입니다. 찍다가 제가 울 뻔. ㅜㅜ*

하지만 나머지가 다, 뻔한 이야기라고들 하더군요. 증마 사람들은 아예 반응을 하지 않기로 했는지 코빼기도 비치지 않았어요. 오히려 안경이 공들여 편집해서 여러 커뮤니티에 올린 스크린샷 모음을 보고 증마를 검색하는 사람들이 많은 것 같았어요. 대체 이게 뭔가, 하고. 지금 생각해 보니 안경은 몰랐던 거예요. 증마를 말려 죽이는 방법은 철저한 무관심밖에 없단 사실을. 욕먹더라도 주목받는 게 증마가 세를 키우는 주요한 방식이었다는 것을. 사람들은 욕하면서 증마의 계정을 찾아간 후에 몇 가지 영상을 보곤 생각한 거죠.

'… 내 인생이 이렇게 안 풀리는 것도 모종의 음모 때문이었나?'
'아, 정말 그랬던 것 같은데?'
'맞잖아? 맞아, 그때 그 새끼들이….'

◌

"더 센 한 방이 필요해."

대책 회의랍시고 우릴 모아 놓은 안경이 말했어요.

"더 센 거라뇨. 전 진짜 모든 걸 다 말하고 다 잃었는데. 땡전 한 푼 없다고요."
"아가씨가 못 챙기고 나온 걸 왜 내 탓 하나."
"뭐래."
"그래서, 정말 뭐가 더 없어?"
"없다니까요."
"씨발, 좆 같네."
"제가 할 말이거든요."

박선우는 옆에서 눈만 꿈벅거렸죠. 계속 밖에서 자다 보니 허리가 결린다면서 몸을 삐걱삐걱 움직였어요.

그녀가 말하기를

"임마, 너는 언제 나갈 건데."

"형, 알아보고는 있어요."

"이 동네만큼 방값 싼 데가 대한민국 땅에 어딨다고 아직도 못 알아봐."

"방 자체가 몇 개 없어요. 쟤 신변 생각해서라도 1층이나 지하는 안 되고."

"선우야, 돈 좀 써라. 어차피 쟤도 돈 벌 거라며."

"그렇긴 한데."

"너는 일을 벌일 때 앞날 생각을 하긴 하니?"

"형."

"너 새끼 진짜 걱정돼서 하는 말이야, 내가. 형이잖아. 아끼는 동생이라 이러는 거야."

"예."

"너 코 꿰인 것 같은데 잘 판단해라."

제가 빤히 듣고 있는 앞에서 저런 소릴 했단 말이지요. 피가 뚝뚝 떨어지는 앞치마를 그대로 메고 식칼을 든 채 논두렁을 달리던 내 모습을 봤어야, 저런 말을 못 할 텐데.

박선우는 이튿날 바로 나갈 방을 찾았어요. 이사는 그다음 주 주말로 잡혔죠. 저야 뭐 아무것도 가진 게 없었으니 박선우만 준비하면 됐어요. 그래서 박선우가 공장에 출근하고 없는 동안 박선우의 물건들을, 당장 필요하지 않은 것부터 하나씩 하나씩 포장하기 시작했죠. 박선우가 그러라고 시켰거든요. 귀찮거나 싫지 않았냐고요? 음… 저는 다행이라 여겼어요. 왜냐면 그 시기에 전 모든 것에 불안해하기 시작했는데, 박선우 하나만큼은 제게 그래도 투명하단 거잖아요. 자기 소지품 다 오픈할 수 있단 거니까. 소지품 중에 제가 중학교 때 적어서 줬던 편지가 아직도 있는 걸 보고 좀 웃기도 했어요. 애도 좀 멍청하긴 하지만 참 대단한 애다, 싶었고. 적잖게 위안이 되었죠.

박선우가 찾은 방은 2층짜리 주택의 위층 절반이었어요. 아래층엔 주인집이 있었고 위층은 가벽으로 나눠 두었죠. 옆방엔 주인집 남자의 아버지가 혼자 있었는데 약하게 치매기가 있었어요. 그 남자가 자주 아래에 아무것도 걸치지 않고 밖으로 나오는 바람에 제가 움찔움찔하는 날이 많았는데, 아래층 남자가 그를 마구 대하는 모습을 보면 이상한 희열이 느껴지기도 했죠. 우리 방은 오래도록 비어 있었대요.

○

김흥수와 엄마가 증오와 폭력밖에 없는 하루하루를 견뎌 내는 꼴을 어린 시절부터 지켜보면서 나는 절대 저렇게 살지 않으리라, 다짐했어요. 저들이 저렇게 사는 것은 사랑하지 않아서였다는 낭만적이고 슬픈 생각을 한 적도 물론 있었죠. 나중엔 그런 낭만적인 생각을 버리고 그저 엄마가 바보 같아서라고 여겼지만. 어쨌든, 저만은 다를 거라 확신했어요.

그런데 무슨 일이 일어났을까요. 같이 살던 초반

그녀가 말하기를

엔 정말 좋았는데. 아무도 노래를 싣지 않는 반주가
조악한 음질로 흘러나오는 노래방이 아닌 편안하고
익숙한 곳에서 드디어 서로를 만질 수 있게 되어 좋
았는데. 하루 24시간이 다 둘만의 것이어서. 옷 왜
입어? 입을 거야, 설마? 그게 우리 둘이서 가장 많이
서로에게 한 말이었는데. 누구 한 명이 쓰러져 죽어
야만 끝날 것처럼 신나게, 아무 생각도 없이, 신나게
털실 공을 굴리는 고양이들처럼 살았어요.

그런데 어디선가 단단히 엉켜 버렸죠. 어떻게 먹
고살아야 할지 몰랐거든요. 월세를 낼 날이 다가온
다는 게 삶을 얼마나 갉아먹는지 예전엔 몰랐어요.
매일 청소를 하지 않으면 집이 금세 죽어 버린다는
것도 몰랐고요. 박선우는 대놓고 말하기 시작했어
요. 공장 급식소가 아닌 곳에서 밥을 먹는 게 얼마
나 비싼지, 형들과 단절되는 게 얼마나 자신을 외톨
이로 만드는지 몰랐다고. 겨우 김주리 하나 때문에
몰랐던 걸 다 알아야 했다고. 박선우는 점점 저를
가구, 혹은 가전처럼 대했어요. 큰 대가를 치르고
들여왔지만 그 자리에 서 있는 것 말고는 아무 기능
도 하지 못하는 가구. 혹은 좀 더 편한 생활을 하고
자 사 왔는데 삑삑거리며 끝없이 수리를 요구하는
가전.

우리의 그 어떤 순간도 더 이상 소꿉놀이가 될 수
없었어요. 우리는 살아야 했고, 살려면 아주 많은
노력이 필요했죠.

분명 매캐한 냄새가 돌았던 공기는 기온이 올라가자 금세 끈적해졌어요. 계절이 이렇게 바뀌었구나 싶었죠. 일요일마다 박선우는 아침부터 공장 형들과 축구 한다고 나갔어요. 땅거미가 지도록 돌아오지 않았고요. 저는 그런 날마다, 햇반을 전자레인지에 돌려 밑반찬을 두 종류 꺼내 놓고 대충 끼니를 때웠어요. 박선우네 엄마가 채워 놓는 밑반찬이었죠.

"엄마한테 내 이야기 드렸어?"

제가 무심코 물었을 때 박선우는 뜨악한 표정을 지었어요. 그럴 리가 없는 걸 알면서도 괜히 물었죠. 한참 딴짓을 하다 이렇게 대답하더군요.

"엄마가 가끔 오는데, 있잖아…. 그땐 어디 좀 나가 있어라. 반찬 뭐 먹고 싶은 거 있냐? 내가 엄마 보고 해 오라고 할게…."

결국엔 박선우 엄마도 밥해 주는 사람.

언젠가부터 그렇게 무언가를 보고하던 것도 다 지난 생의 일처럼 느껴졌어요. 어느 날에는, 박선우를 하염없이 기다리려니 도대체 언제나 올지 알 수 없어서 신발을 꿰어 신고 밖에 나갔죠. 가로등 하나, 가게 한 곳 없이 어두컴컴한 파주 벽지의 풍경은 가평의 밤과 비슷했어요. 그 가운데로 걸었죠. 무서웠는데 박선우에 대한 원망이 더 컸어요. 그게 제 다리를 움직였어요.

저는 박선우가 어디 있을지 알았어요. 이 동네에서 일요일에 술을 마실 수 있는 곳은 딱 하나니까. 형들이 그렇게 소중하냐고 물었을 때 박선우는 기

그녀가 말하기를

가 막힌다는 표정을 짓더니 이렇게 대꾸했었죠. 너를 구한 것도 형이라고.

멀리 전집의 불빛이 보였어요. 남자들이 와자지껄 떠드는 소리도 들렸죠. 날이 좀 풀리니 가게의 미닫이문을 열어 놓고 술을 마시는 모양이었어요. 안을 들여다보니 박선우가 있었죠. 주변엔 네 명 정도의 모르는 남자들, 그리고 안경. 박선우의 얼굴이 다가왔어요. 쿵 쿵 쿵 하고. 아주 많이 취한 것 같았죠.

"아, 여긴 왜 왔어."

"연락 없이 안 들어와서."

"배터리 없었어."

"언제까지 마실 거야?"

"들어가서 먼저 자."

박선우는 처음엔 이곳 길이 어둡고 외지다고, 혼자 다니지 말라고 했었는데. 증마 사람이 채 가면 어떡하냐고 물었었는데. 그래서 오히려 제가 여긴 가평이랑 비슷하다고, 하나도 안 무섭고 익숙하다며 두렵지 않은 척 웃었었는데.

"내일 가스비 내야 돼, 알지."

"아…."

"바쁘면 내가 가서 내고."

"야."

"응?"

박선우가 제 어깨를 움켜쥐었어요. 미끌미끌한 기름으로 젖은 손이었죠. 박선우가 물었어요.

"주리야 너는, 돈 언제 벌 거야? 응? 언제 벌어?

응? 나는 힘들어 뒈지겠는데 넌 집에서 우리 엄마 반찬이나 축내고. 응? 네가 그냥 그때 가평에서 없어졌으면 편했을 텐데."

뭐라고 하는 건지 이해가 잘 안 됐어요.

"가평에서라니."

"네가, 그때, 가평에서, 그냥 잡혔으면 편했을 거라고. 내가 책임지지 않아도 됐을 거라고. 괜히 불쌍해 가지고. 괜히 형한테 증마에 아는 애 있다고 얘기해 가지고. 얘기 꺼낸 그때부터 지금까지 5000번은 후회를 했네. 내가 삶의 큰 교훈을 얻었다고 주리야, 응? 입을 함부로 놀리지 말자, 있잖아. 그런 교훈을 얻었다고. 안 그랬으면 돈 꾸역꾸역 모으면서 살았을 텐데 지금 난 뭐 하냐. 네가 뭐라고."

박선우, 임시 저장을 해야 하는데 등록을 잘못 눌렀다던 박선우. 저랑 사는 남자 박선우.

박선우가 일부러 미리 등록했다는 물증이 없어. 심증이 갈 뿐이었죠.

박선우는 다음 날 기억을 못 하는 건지 못 하는 척하는 건지, 출근하기 전에 제 엉덩이를 두드렸죠. 저는 나가야 했어요, 어떻게든 돈을 벌러.

그녀가 말하기를

8.

제 귓속이 그렇게 더러운지 저는 일을 하고 나서야 처음 알았어요. 하루 온종일을 어둡고 끈적한 귓속에서 보낸 귀마개는 2주만 지나도 삭아 내렸죠. 집에서 30분을 걸어가야 나오는 편의점에서 새 귀마개를 살 때마다 저는 소주도 같이 샀어요. 처음엔 유리병이 무거워서 커다란 페트 소주를 샀는데, 남은 술이 찰랑대는 병을 숨길 데가 마땅찮아 족족 박선우에게 들켜 핀잔을 들었죠. 그다음부턴 무거워도 작은 유리병을 샀어요. 그 정도는 앉은 자리에서 해치울 수 있었고, 빈 병은 집 밖에 슬그머니 내놓으면 감쪽같이 사라졌거든요. 아마 유모차를 끌고 다니는 할머니 여럿 중 하나가 들고 가는 모양이었어요.

무거운 책을 한 손에 들고 날카로운 종이 띠를 다른 손에 들어 감는 게 제가 하는 일이었어요. 공장 한가운데 앉아서. 그걸 띠지라고 부른다는 건 공장

들어오고 나서 알았죠. 띠지 내용은 대부분 자기네 책이 얼마나 특별한지를 떠들어 대는 것이었고 누구누구의 추천을 받은 책이다, 같은 문구도 적혀 있었어요. 보고 있자면 우스웠죠. 매일 보는 띠지는 하나도 안 특별했고 추천을 한 사람이 유명하단 것도 믿을 수가 없었어요. 제가 아는 이름은 하나도 없었거든요.

참 이상한 공간이었어요. 글을 읽을 줄 모르는 사람들이 책을 만들잖아요. 북쪽 억양의 한국어를 말하는 분들도 몇 있긴 했지만 대부분은 그마저도 하지 못하는 외국인이었고. 쉬는 날이면 모여 과자를 까 놓고 술을 마시거나 혹은 공을 차거나 그도 아니면 고물 자전거 한 대에 두 명씩 타고 밭두렁을 돌아다니는 게 다였어요. 유모차를 끌고 다니는 할머니들은 외국인들이 보이면 알지 못할 소리를 툴툴 내뱉으며 먼 길을 돌아갔어요. 껌둥이들, 무서워, 라고 할머니들은 말했죠.

무서울까요? 무엇이? 공장에서 어떻게 일하는지 보지 못했기 때문에 그런 말을 할 수 있는 것이죠. 자기 몸집보다 큰 칼날 밑에 손을 집어넣어 종이 뭉치를 계속 옮기고, 휘릭 소리를 내며 기계로부터 날아오는 노끈에 피부를 베고, 장갑을 끼면 손이 둔해진단 이유로 맨손만을 사용해 몇 년을 일해야 했던, 그래서 장갑같이 부풀어 오른 손을 갖고 있는 사람들인데. 사실 그들이 할머니들을 무서워해야 했죠. 소음과 먼지로 정신을 차릴 수 없는 공장에서 조금만 움직여 밖으로 나가면 할머니들이 유모차에 기

그녀가 말하기를

대어 꼼짝 않고 노려보잖아요. 처형대에 매달린 시체처럼.

박선우에게 물은 적도 있었어요.

"외국에서 온 사람들, 너네 공장에도 있어?"

대뜸 그 새끼들 때문에 골치 아프다는 대답이 날아오더군요.

"말을 하면 알아듣지를 못해. 덜떨어진 놈들만 데려온 건지. 제일 짜증 나는 게 어떤 건 줄 알아? 걔넨 말이 성대 위쪽에서 나요. 거의 목구멍에서. 우리말이랑 달라. 그러니까 자기들끼리 말할 땐 종일 꽥꽥대는 거야. 듣기 싫어서 미치겠어, 그 소리. 나라가 미개할수록 말이 성대 위쪽에서 나오나 봐, 분명 그래."

그 주에 박선우가 제게 한 말 중 가장 길었어요.

표지에 오타가 났다며 폐기 결정이 떨어진 책을 저는 한 권 슬쩍했어요. 그 책의 띠지를 감은 지가 얼마 되지 않았는데. 무슨 책인 줄도 몰랐는데, 머리보다 손이 먼저 움직였어요. 그걸 펼쳤더니 일하던 사람 몇이 무심히 제 쪽으로 고개를 돌리더군요. 느껴졌어요.

책을 읽는 여자가 있다는 소문이 났대요. 맞죠? 한 달도 되지 않아서. 활자를 퍼먹는 여자라고 불렀대요. 밥도 먹지 않고 몰래 어딘가에 숨어 읽는다는 소문. 맞아요. 잠은 조금 잤고 밥 먹는 시간은 아까웠어요. 띠지를 감을 때면 아무 말이나 지껄이곤 했죠. 주로 그때 읽고 있던 책의 내용을 머릿속으로 정리하며 내뱉는 말들, 혹은 지금 느끼는 감정의 표현, 혹은 일하는 사람들을 멋대로 묘사하는 말. 어차피 소음이 워낙 강하니까 거기 묻혀 아무도 모를 거라고 저는 생각했는데 정작 사람들은 기계 소리를 뚫고 누군가의 목소리가 고막에 울렸다고 나중에 말하더군요.

무슨 말을 하는지도 몰랐으면서요.

○

증마의 책자를 내 손으로 만져 보게 될 일이 있지 않을까 상상은 해 봤어요. 조금 불안했지만 이 도시에 인쇄소가 얼마나 많은데 굳이 여길 택하겠어요? 그리고 어차피 의뢰인들은 인쇄소에 얼굴을 잘 드러내지 않잖아요. 만약 여기 오더라도 타이밍을 맞춰 한 시간 정도만 자리를 피해 있으면 될 거라고 생각했죠.

설마 했던 일이 어느 날 정말로 일어났어요. 새 책의 제목을 보고 책등을 손에 쥐는 순간, 가슴이 내려앉더라고요. 한 번만 펼쳐 볼 수 없을까 싶었는데 실장이며 이사가 지나다니고 있어서 아무것도 못 하고 엉망으로 띠지를 감았죠.

점심시간에 식당에 가지 않고 혼자 공장 한가운데서 증마의 책에 코를 박고 있었어요. 총 열두 개

그녀가 말하기를

의 장으로 구성된 본문. 10장까지는 대강 아는 내용들이었어요. 음모의 떡칠. 그런데 11장과 12장은 좀 달랐죠.

제 이야기가 거기 있더라고요. 증마를 둘러싼, 현재진행형의 공작들. 11장은 안경이 기획했던 그 영상과 제 폭주에 대해서. 여기까지의 내용도 제가 아는 거였는데, 마지막 12장에는 무슨 이야기가 있었을까요?

온전히 저를 비방하는 내용이었는데 비방의 근거는 제가 전혀 알지 못했던 것들이었어요.

음란 방송 BJ에 불과한 여자, 자기 방송 시청자를 늘리기 위해 증마와 아버지를 판 여자.

안경은 영상을 계속 풀고 있었어요. 저와 박선우가 사는 이층집의 영상들을, 돈을 받고 계속. 책에는 사람들의 반응도 모두 인용되어 있었죠.

매일 보니 정들어서 진짜 여친 같음.

이거 뭐임? 뜻밖의 비대면 떡정.

근데 아버지인가 뭔가는 어디 가고 자기가 몸캠 함?

어그로 쩔었네. 나쁘지 않았다. 인정.

음모의 존재는 증마를 만들었고, 세상의 실체를 파악한 증마를 해체하기 위해 다시 작동한 음모는 지도자의 가족에까지 마수를 뻗쳐 이성을 마비시

키고 제 아비의 뒤통수에 도끼를 꽂게끔 했다고. 이 얼마나 무서운 세상의 작동 원리냐고.

그러나 그 여자는 결국 제풀에 지쳐 저 자신이 얼마나 천박한지를 보여 주는 중이고.

여자의 말을 듣고 증마를 음해하려는 세력이 있다면 이 여자가 지금 무얼 하고 있는지를 보고 생각하라고. 고귀한 이상과 티 한 점 없는 세상을 위해 자기 생을 버린 채 증마를 믿고 모인 사람들을 위해 존재를 바치는 남자, 와 비교되는, 자기 몸캠 팔아 생계유지하면서 증거 없이 증마를 헐뜯고 비방하는 젊은 여자. 두 부녀 중 누구의 말을 들을 것인지는 지금 이 글을 읽는 사람의 지능과 가치관에 달렸을 뿐이라고 쓰여 있었죠.

아, 물론 저를 몰래 찍은 그 영상들을 캡처한 사진 여러 장이 아주 선명한 4도 컬러 인쇄로 페이지마다 찍혀 있더군요. 색이 선명하게 나오라고 종이도 두껍고 좋은 걸 썼더라고요.

사람들이 밥을 다 먹고 돌아와서 가동시킨 기계들이 공룡처럼 울부짖던 한 시간여 동안 저는 일곱 번 실수를 했어요. 그리고 뒤에서 비명이 들려오는 바람에 여덟 번째 실수를 저질렀죠.

맞아요. 그날이 라윗의 손가락이 잘린 날이었어요.

라윗, 울지 말아요. 울면서 굳이 브이를 해 보이는 건 또 뭔가요, 정말. 우리 더는 울지 말자고요. 뻔뻔하게 살자고요. 우리 얘기가 다 맞으니까.

그녀가 말하기를

결국 혼자서는 아무것도 해내지 못한 거죠. 증마를 끌어내리지도 못했고 나를 팔아먹은 안경이나 박선우도 멀쩡하게 살아 있으니까. 내 얼굴이 그대로 나온 채 돌아다니는 영상들을 지우지도 못했고 거리를 지나다닐 때마다 저 사람이 내 얼굴을 어디선가 보지 않았을까, 혹은 증마의 사람이 아닐까 몹시 불안하죠. 그러니 나는 아주 작고 약하고 또 실패투성이인 존재예요. 그걸 바깥 세상이 설계한 음모의 결과라고 말하고 싶은 생각은 없어요.

하지만 라윗의 잘린 손가락을 들고 기장의 뺨을 갈기던 그날에 확신했어요. 세상 어딘가 있긴 있다. 악의로 똘똘 뭉친 손가락들이 써내는 이야기가 있다. 세상이 따를 이야기를 그따위로 쓰는 것들이 분명 있다. 그건 증마의 사람들이 가지는 피해 의식과는 전혀 달라요.

바닥에 차곡차곡 앉은 여러분을 보세요. 테트리스를 하듯 밀집해 있죠. 어제보다 세 분이 늘었는데, 아마 우리는 조만간 새로운 공간을 찾아야 할 거예요. 기숙사 앞에 스탠드 있죠? 아까 라윗은 거기가 어떻겠냐고 물었는데 글쎄요, 한국인 관리자들이 우리가 모여 있는 걸 두 눈 뜨고 볼까요? 그 사람들은 아무렇지 않게 여기 불을 지를 수 있어요. 마치 증마의 사람들이 아무렇지 않게 저의 사지를 구속해 정해진 자리 외엔 그 어디에도 이동할 수 없게끔 만들어 놓았던 것처럼요.

우리가 왜 증마를 심판해야 할까요? 왜 안경을, 그리고 박선우를 심판해야 할까요? 누군가는 그저 제 복수심을 위해 여러분을 이용하는 거라고 생각할지도 몰라요. 여러분과는 아무 상관 없는 사람들처럼 보이니까. 하지만 말이죠, 여러분을 힘들게 만드는 게 바로 그런 사람들이잖아요. 거짓말하는 사람들. 여러분 다 속아서 여기 왔잖아요. 합리화하는 사람들. 좋은 게 좋은 거라고 여러분의 말을 묵살하잖아요. 자기 무능을 세상 탓으로 돌리는 사람들. 여러분을 적대하는 젊은 애들이 다 그렇잖아요. 또 뭐 있냐, 그렇죠, 사실과 동떨어진 자기 주장이 옳음을 확신하고 환상 속에서 사는 사람들. 그 사람들은 눈이 안 보이죠.

라윗이 여러분을 데리고 처음 고맙단 인사를 하러 왔을 때, 전 솔직히 말하면 조금 싫었어요. 여러분은 그렇게 고마워할 필요가 없으니까요. 마구 화를 내고 마구 분노하고 저까지 미워해야 맞아. 하지만 다시 생각해 보니 나도 마구 화를 내고 분노하고 나를 이렇게 만든 사람들을 미워해야 하더라고요. 그래서 생각했죠, 우리는 같은 존재다.

같아.

같은 마음 아래 같은 몸으로 사는.

그래서 저는 여러분을 위한 모든 행위의 첫 단계로 저를 위해 줄 것을 부탁해요. 모든 책임은 나에

그녀가 말하기를

게로 올 거예요.

　여러분, 죽어야 될 것들이 안 죽고 있잖아요. 벌
레한텐 약을 쳐야지 개들이 어떻게 감히 사람이랑
같이 살려고 들어. 약 안 치면 알을 까지. 벌레 판이
될 거야, 여기가. 그땐 도망치지도 않고 숨지도 않
고 산 사람 몸을 갉아 먹을 거야 개들이. 귓구멍 눈
구멍으로 득시글하게 기어들어 와서 몸을 꽉 채울
거야. 듣지도 보지도 생각하지도 못하게 할 거야.
그니까 그 전에 쳐야죠. 증마 치고, 다음엔 여러분
이전 직장에서 월급 안 주고 내쫓았던 사람들. 그다
음엔 여러분한테 거짓말하고 이 땅에 데려와 여러
분 몸값을 매기던 사람들. 그다음엔 아무 일 안 하
고 지나다니기만 했는데 범죄자 대하듯 손가락질
하고 욕하던 사람들. 모두에게 더 화내도 돼. 김흥
수 조지고 난 다음에. 내가 된다고 하잖아요, 내가.
도와줄게요, 내가. 같이 화내요. 우리, 속던 사람들
이 뭉쳐서. 개들은 말로 해선 몰라. 그니까 다 쑤시
고 찔러 봐요. 김흥수 다음에.

　라윗, 울지 말라니까요.

앙금

동생이 언니 기운을 다 채 가서
야금야금 먹고 있네.

○

[선생님 생신 톡방입니다.]

주민상이 연구실의 원생을 톡방에 모두 초대하
던 날은, 미단이 사라지기 엿새 전이었다. 우리 만
나는 걸 비밀로 하자며 두 번의 생일도 제대로 챙겨
주지 않다가 뻥 차 버린 사람이 교수 생일은 잘도
챙겼다.

[인당 10만 원씩 신한 110-230-728405 주민상
다음 주 일요일까지입니다
넉넉하게 잡았으니 제때 입금 부탁드립니다]

입이 썼다. 내게 현금 10만 원이 있을 리가.

지난 주말이었으면 또 몰라, 엄마와 점집에 가기
전이었으면. 엄마는 20년 전 처음 결성된 내 초등
학교 동창 학부모 모임에 아직도 퍽 열정적이었는
데, 그 모임에서 요새 뜨고 있는 점집에 가자며 나
를 졸랐다.

양금

- 은솔이 아빠 가게 자리도 기막히게 골라 줬잖니. 거기 요즘 사람들이 한 시간씩 줄 서서 먹는댄다.
- 거기가? 별일이네. 비싸기만 하고 맛대가리 없는데.
- 그니까 용한 거지. 엄마가 답답해서 그래, 답답해서. 우리 미진이 공부하기도 힘든데 가위를 그렇게 눌린다고 하니 걱정이 돼. 그 집 어쩐지 월세가 너무 싸더라. 속는 척하고 한 번만 가자.
- 몰라. 근데 엄마, 진짜 죽을 것 같아. 잠드는 게 무서워서 밤을 자꾸 새니까 미치겠어. 근데 김미단이 뭐라고 하는 줄 알아? 5km만 뛰고 오면 귀신이고 뭐고 그냥 기절해서 잘 거래.
- 미단이야 워낙 기가 센 애니까. 그러니까 그 회사에서 대리까지 쭉 단 거 아니겠니 그 어린 애가.

점집에서 걸어 나올 때, 나는 엄마의 등을 바라보다가 잠시 비틀거렸다. 엄마는 말했다. 애, 뭐라니? 왜 엄마만 나가라고 했대? 참 별일이네, 엄마가 배 아파 낳은 내 딸 얘기인데 들어선 안 되는 게 뭐가 있다고…. 나는 복채를 다 내겠다는 엄마 앞에서 용돈도 못 드리는데 복채까지 떠넘기냐며 펄펄 뛰는 척했다. 그러자 엄마는 눈치도 없이 그럼 10만 원만 달라고 했다.

그걸 안 줬으면 되는 일이었던 것을.

○

미단과 함께 투룸으로 이사한 것이 두어 달 전의 일이었다. 서울 투룸치고 월세가 너무 저렴하다 했더니 결로가 심했고, 비가 오면 벽지가 우그러졌다. 그리고 나는 혼자 가위에 눌리기 시작했다.

여자는 주로 창문을 통해 넘어왔다. 얕은 잠에서 깨어 숨조차 제대로 쉬지 못한 채 누워 있을 때면 그 여자가 밖에서 손톱을 세워 창문을 긁고, 분명 저녁에 잠갔는데도 아무렇지 않다는 듯 창문을 열고, 먼지가 낀 창틀에 손을 짚고, 팔과 다리를 불가능한 각도로 버둥대며 방 안으로 들어왔다. 문 한 짝이 아예 전신 거울로 되어 있는 옷장이 방 한쪽에 서 있었는데, 여자의 모습이 거울에 고스란히 비쳤다. 얼굴과 팔 먼저, 다리 나중. 나는 얼굴을 창 밑에 두고 잠을 자곤 했는데 머리가 긴 그 여자가 버둥대다 창문으로부터 바닥으로 뚝 떨어지면, 그 여자의 얼굴이 그대로 내 안면을 짓눌러 숨을 쉴 수가 없었다. 그 여자에겐 눈도, 입도 없었다. 오로지 납작한 코뿐이었다.

여자에 대해 미단에게 말했을 때 미단은 대답했다. 내가 덜 피곤해서 그런 걸 보는 거라고. 자신은 너무 힘들어서 가위고 뭐고 눌릴 틈도 없이 그냥 뻗는다고 했다. 언니야 하는 게 맨날 가만히 앉아서 글자나 읽는 거잖아. 그러니까 체력이 남아돌아서 뇌가 헛것을 보지. 안 그래? 그러면서 덧붙였다.

- 언니, 의지라는 거 있어? 뭔지 알긴 해? 그 상황을 벗어날 시도조차 안 하잖아. 인생 안 풀리는 걸 어떻게든 탓하고 싶으니까 일부러 더 파묻히

앙금

잖아. 맨날 가위눌리고 싶지? 다들 우쭈쭈, 해 주
는 게 좋잖아.

남보다 못한 사이. 나와 미단을 묶어 정의할 수
있는 말이었다. 엄마는 자주 우리를 걱정하며 이렇
게 말했다. 엄마 아빠 죽으면 세상에 믿고 의지할
사람은 너희 둘뿐이니 제발 좀 서로 위하고 의지하
라고. 그 말이 제일 소름 끼쳤다.

내가 먼저 태어나고 5분 후에 미단이 세상에 나
왔다. 이란성이라지만 얼굴은 제법 닮았다. 부모가
주는 사랑의 크기도 엇비슷했다. 그러나 조물주가
작정하고 아예 양극단으로 찢어 놓은 듯 성격은 정
반대였다.

미단의 존재는 내게 공포였다. 모든 일에 사사건
건 정의를 말하고, 타인의 선악을 멋대로 측정하고,
또래들을 선동하는 미단이 무서웠다. 그 애는 모두
에게 아주 친절했지만 언제나 타깃 하나를 잡아 두
었다. '사람'이라 할 수 없을 정도로 한심하거나 악
하거나 둘 다인 사람. 그러니 사람 취급을 해 줄 필
요가 없는 사람. 미단은 그를 집요하게 괴롭혀 나가
떨어지게 만들었다. 미단 주위의 사람들은 그런 걸
좋아했다. 누군가에게 스트레스를 풀 명분을 걔가
주는 것. 그러면서 동시에, 누군가에게 마땅한 벌을
주었다는 정당성까지 부여받는 것.

나는 그 애가 생각하는 '사람'의 기준에 내가 도
덕적으로나 기능적으로 미치지 못할 것이 아주 두

려웠다. 가족이라서 어쩔 수 없이 타깃으로 만들지 못하고 참는 것은 아닐까? 속으로는 나를 인간 이하의 것이라며 경멸하고 있지 않을까? 상상은 밤마다 부피를 키워 나갔다.

전교 40등 안에 들어서 처음으로 특별 자습실을 배정받았던 날이었다. 아빠가 잘했다며 손뼉을 칠 때 미단은 김치를 씹으며 이렇게 말했다.

— 아빠도 결국 똑같구나. 그저 등수 가지고 좋아하는 거? 남을 누르고 이겨 먹어야 행복한 거? 아빠도 겨우 그런 사람이구나?

주변의 모든 사람이 스스로를 인간이 덜된 쓰레기라고 느끼며 불안해하도록 만들어야만 미단은 행복해했다. 나는 미단이 없어졌으면 좋겠다고 자주 생각했고, 내가 쓰레기구나, 라고 깨달았으며, 그 역시 미단의 의도임을 알았다.

컴퓨터정보과를 2년 만에 졸업하자마자 미단은 쉴 틈도 없이 취직했다. 나는 5년 반 만에 졸업했고, 서른다섯 군데에 입사 지원서를 넣었으나 모두 떨어졌다. 실수령액 200만 원조차 받을 수 없는 인간이란 말을 서른다섯 군데에서 들었다. 절벽에서 떨어지는 순간을 유예하기 위해 대학원에 적을 두기 시작하던 날 저녁 엄마에게 전화가 왔다. 미단이 대리가 되었다고. 전문대 갔다고 집 밖에 내쫓으려 했던 옛날이 생각나서 미안해 죽겠다고. 나 들으라고 하는 말이야? 잠긴 목소리를 눈치챘는지 엄마는 그제야, 우리 큰딸은 대기만성형이라고, 결국엔 교수

님 될 거니까 걱정 안 한다고 급하게 수습했다.

미단이 전문대에 들어갈 때 몰래 고소해하던 사람이 바로 갓 스무 살 되었던 나였기 때문에, 나이든 속이 더 쓰렸다. 미단은 매일 밤 옆에 누워 한숨을 푹푹 쉬며 큰 집으로 가고 싶다고 했다. 죽어라 일하고 왔는데 다섯 평짜리 집에 둘이 누워 있으려니 쉬는 기분도 안 든다고. 그런데 김미진 네가 돈을 안 버니까 어쩔 수 없지 않으냐고. 그런 말을 아무렇지도 않게 했다. 분명 스무 살부터의 나에게 이제야 하는 복수일 테지. 모멸감이 들었다.

그 외에도 지뢰는 많았다. 미단은 툭하면 세상을 들먹이고, 먹고사니즘을 부르짖고, 나와 단둘이 있을 때면 자주, 세상살이 모르는 먹물이랑은 무슨 논리적인 대화가 안 된다며 실실 쪼갰다. 그 비싼 등록금을 다 어디다 꼴아 박는 거냐고 욕했다. 그러나 단둘이 있을 때가 아니면 절대 그러지 않았다. 언제나 친절하고 정의로운 김미단 씨.

둘이 살던 다섯 평짜리 원룸에서 드디어 투룸으로 이사하던 날도 그랬다. 원룸에 들어온 이삿짐센터의 남자들은 혀를 챘다. 원체 젊은 아가씨들이 더 지저분하게 살긴 하지만 이건 너무 심하지 않아요? 아니, 그런 일을 하라고 돈을 주는 거잖아요, 라고 내가 뭐라 하자 미단은 큰 소리로 외쳤다. 언니, 무슨 말을 그렇게 해. 그러더니 남자들에게 넉살 좋게 음료를 하나씩 쥐여 주었다. 선생님, 죄송해요. 다섯 평짜리에서 둘이 살다 보니 어쩔 수가 없었어요.

그러고는 청소포를 들고 종종거리며 이곳저곳 꺼
멓게 뭉친 먼지를 훔쳐 냈다. 포장 이산데 네가 왜
그런 걸 하느냐고 묻는 나를 없는 사람 취급했다.

사실 어디서든 마찬가지였다. 아줌마, 아저씨, 이
모 같은 호칭은 미단의 어휘가 아니었다. 기사님,
사장님, 선생님이 미단의 말이었다. 나는 미단이 남
들을 정중하게 대할 때마다 쓴웃음이 났다. 왜 나에
대해선 그러지 못하는지.

보증금은 집에서 대 주었다. 총 월세 60만 원 중
미단이 40만 원을, 내가 20만 원을 냈다. 큰방은 내
가 차지했는데 미단이 양보했기 때문이었다. 언니
작은방 주면 답답해서 어떻게 공부를 하겠느냐고
미단은 엄마에게 말했다. 아직 덜 정리된 방바닥에
신문지를 깔고 앉아 짜장면을 먹던 엄마는 더러운
젓가락으로 탕수육을 집어 미단의 짜장면 그릇에
올려 주었다. 그러고는 말했다.

- 언니가 나중에 교수님 되어서 다 갚을 거야, 미
단아.
- 가족끼리 그런 걸 뭐 하러 갚아 엄마.

죽이고 싶었다. 그럴 때마다 핸드폰을 들어 친구
에게 메시지를 보냈다.

　　　　　　　　　[ㅅㅂㄴ 저 자격지심 덩어리
　　　　　　　　　또 착한 척한다. 아오 진짜]

[또 그래?]

　　　　　　　　　[아니 ㅅㅂ 내가 지금 돈을

양금

안 버는 거지 못 버는 거냐고
이력서만 내면 되는데 가 봤자 재랑
비슷한 취급 받을 게 싫어서
석사 하는 거잖아 그런데
맨날 쥐꼬리만 한 월급 가지고
지랄이야 쌍년이]

[야 그런데 니 동생 이러다
남자라도 잘 물면 존나 최악이겠다
ㅋㅋ 거의 언니 인간 취급 안 할 듯]

[뭐래]

[각 나온다 ㅋㅋ 야
결혼은 제발 네가 먼저 해라]

[ㅅㅂ 대학원생이 결혼을 어떻게 해]

[결혼도 안 할 건데
왜 그렇게 주말마다 소개팅 ㅋㅋ]

[아니 시켜 주니까.
귀찮은데 가는 거지 걍]

[아 예예~~ 너 소개팅 시켜 달라고
여기저기 쪼르는 거 소문 다 났고요~~~]

◌

　점집에선 머리맡에 놓고 자라며 검붉은 색의 천
주머니를 하나 주었다. 아기 머리통의 절반도 되지

않을 그 주머니를 흔들면 싸락싸락 소리가 났다. 그걸 가방에 넣고 서울로 돌아가는 고속버스를 기다렸다.

- 엄마, 요새 왜 이렇게 안개가 많이 끼지?
- 안개는 무슨 안개? 이렇게 햇빛 쨍쨍한 날에.

그제야 자각했다. 한 달 넘게 그 여자의 서슬에 시달려 잠을 제대로 자지 못했고, 세상의 모든 조명이 내 눈에만 마구 번져 보인다는 것을.

그날 저녁 미단은 주머니를 보고 자기 이마를 짚었다.

- 야, 김미진….
- 무슨 말 하려던 거였으면 그냥 닥치고 있어라. 내 상황 되어 보지도 않았으면서.
- 너 지능이란 게 없지? 호구 짓엔 약도 없어.

그런데 신기했다. 그 주머니 하나 덕에 여자가 없는 밤이 계속될 수 있었단 사실이.

미단은 위약 효과라고 했다. 팥 주머니가 아니라 양갱을 머리맡에 갖다 놔도 점쟁이가 보장만 했다 하면 귀신같이 나을 거라고. 분명 이 집에 뭔가 있는 거란 내 말은, 피곤한 헛소리 하지 말라며 일축했다.

- 물론 언니는 직장 생활을 안 해 봐서 피곤해 본 적이 없겠지만.

◌

앙금

언니를 닮아 죽일 셈이네.

◌

급하게 뛰쳐나가듯 출근한 미단이 투룸으로 다시 돌아오지 않은 그날부터, 천장에선 팥알 쏟아지는 소리가 났다. 딱 그날부터였다. 쏴, 하는 느낌의 소리. 가만히 누워 천장에 일렁이는 모양새로 그림을 그리는 곰팡이나 물 자국을 바라보는 시간이 잦은 내겐, 그 소리를 듣는 게 고역이었다. 쏴, 쏴. 눈을 힘주어 감았다가 천천히 뜨고, 숨을 참았다. 참자, 괜찮아. 그렇게 스스로에게 주문을 걸어야 했다. 괜찮아, 별거 아냐.

위층에 올라가 문을 두드리려 한 적도 있었다. 현관문 앞에 잔뜩 쌓인 제임슨, 글렌피딕, 봄베이 병을 가만히 바라보다 그냥 내려왔다. 모두가 지나가며 공용으로 사용하는 빌라 복도에 저걸 인테리어랍시고 쌓아 놓은 사람이라면 팥알 따윈 500만 포대도 쏟아 버릴 수 있을 테니까. 그리고 빈 포대에 나를 넣어 강물에 던져 버릴 수도 있을 테니까. 다시 층계를 내려오며 놀랍게도, 내 안에서 스멀스멀 피어오르는 감정이 분노보단 안도인 것을 깨달았다. 편안한 체념. 돌아와서 다시 이불을 펴고 누웠다.

또 쏴아아, 소리가 방을 채웠다.

쏴.

쏴아.

팥알을 흩뿌리는 소리. 창밖에서 시끄럽게 울려 대는 신축 공사 소음도, 쏟아지는 폭우 소리도 이겨 낼 만큼 그 소리는 조밀하고 또 집요했다.

그런데, 아.

나는 눈을 감았다가 깨닫는다. 미단이 지금 이 집에 없다는 것이 나를 얼마나 편안하고 안심하게 만드는지. 금세 젖으며 얼룩을 만들어 내는 벽, 너덜너덜해지는 벽지, 서랍장 뒤에서 검게 피어나는 곰팡이 따위에 분노가 터지지 않는 이유가 그것이라는 사실. 이 상황을 전복시키고 싶지 않았다.

왜 신고를 하지 않았냐고? 그래서. 걔 없이 사는 게 훨씬 편하고 행복해서. 당연한 것을 왜 묻나?

○

돌아오지 않는 미단을 찾아 나선 것은 엄마의 전화 때문이었다.

- 이번 주말에 일 있어서 서울 가는데 딸들 집에서 하루 자도 되지?
- 왜 갑자기.
- 엄마가 딸들 집에서 자는 것도 싫니?
- 그냥 내가 호텔 같은 거라도 하나 잡아 줄게, 거기서 자면 안 될까. 좁아서 불편해.
- 너는 돈도 안 버는 애가 무슨 그런 말을 하니. 됐

앙금

어, 네 방에서 안 자니까 걱정하지 마. 작은딸이랑 둘이서 껴안고 잘 테니까. 근데 진짜 앤 요새 왜 이렇게 연락이 안 되니? 저녁에 들어오면 꼭 엄마한테 전화 좀 하라 그래. 아무리 피곤해도.

일주일간 열린 적이 없는 미닫이문은 문틀과 잘 맞지 않아 힘을 많이 줘야 열 수 있었다. 바깥 공기와 섞인 지 오래된 방 안의 공기에서 퀴퀴한 곰팡내가 훅 끼쳤다.

모든 서랍을 다 열고 어지럽히고 행거에 빼곡하게 걸린 외투의 주머니를 뒤집어 까며, 내가 노래를 부르고 있다는 걸 뒤늦게 자각했다. 여름 노래였다. 제목이 뭐였지? 기억을 더듬어도 혼성 그룹의 노래였단 것밖엔 기억나지 않았다.

서랍에서 숱한 화장품과 향수 외엔 별다른 걸 발견하지 못하고, 노트북을 열었다. 비밀번호는 걸려 있지 않았다. 바쁘신 김미단 님, 누군가 감히 자기 노트북을 열어 보리란 생각을 못 했겠지. 카카오톡엔 자동 로그인 설정이 되어 있었다. 상태 표시 줄에서 노란 아이콘이 반짝거렸다. 미단이 대화를 읽지 않은 채로 남겨 둔 방들이 몇 개 있었는데 나중에라도 꼬리를 잡히기 싫어 그런 건 제하고, 미단이 이미 읽어 본 메시지들만 복기했다.

미단이 읽은 마지막 메시지는 집에 처음으로 들어오지 않았던 날 오후 9시에 온 것이었다. 회사 대표에게서 온 개인 톡이었다.

[김미단 씨. 몇 주 좀 쉬고 맘 추스른 후 다시 얘기합시다. 이준영 사원도 내일부터 쉬기로 했습니다.] 미단의 답은 없었다. 이준영이 누구야? 미단의 친구 목록을 뒤져 '이준영사원(정보지원부)'을 찾아내긴 했지만 그의 카톡 프로필 사진과 상태 메시지는 모두 비어 있었다.

큰일이었다. 동생이 일주일째 집에 들어오지 않는데 아무에게도 말하지 않은, 신고도 하지 않은, 걱정조차 없이 후련해하는 동갑내기 언니가 되게 생겼다는 것이.(사실이었지만.) 언제까지 숨길 수 있을까 자신은 없었어도, 간만에 얻은 평온을 깨고 싶진 않았는데. 그런데 이게 다 무슨 말인가. 쉬라는 통보를 받았다고? 회사에 죽고 못 사는 개가?

윈도 탐색기를 열고 하드를 샅샅이 훑었다. 자기가 받은 칭찬들을 모아서 언제든 다시 들여다볼 수 있도록 갈무리해 놓은 게 딱 미단다웠다. '월말평가'란 폴더엔 미단의 상사가, 또 부하 직원들이 각자 미단에 대해 적어 놓은 파일들이 잘 정리되어 있었다. 업무 수행 능력이 탁월, 믿을 수 있는 사람, 예의 바르고 합리적… 그따위 뻔한 말들을 보면서 나는 그만 웃었다. 이런 제도가 제대로 굴러가리라고 생각하나? 빛 좋은 개살구 같으니. 세상의 그 누가 욕과 지적을 문서로 남길까. 흩어지고 색이 바랠 말만 하겠지.

그런데 미단이 작성한 월말 평가 파일과 받은 파일의 개수가 맞지 않았다. 과장 한 명에 사원이 여섯, 그리고 대리인 미단 하나, 이렇게 총 여덟 명이 부서에 있는 것 같았는데. 미단이 받은 평가 파일은 여섯 개, 쓴 파일은 일곱 개였다. 빈 이름을 찾았다. 이준영이라는 이름. 이준영이 미단을 평가한 파일은 어디에도 없었다. 미단은 이준영의 모든 항목에 3점씩을 주었고 글은 남기지 않았다. 다른 사람들에게 준 점수는 5점이었는데.

다음 날 미단의 회사 사옥 근처를 어슬렁거린 것은, 꼭 들어가겠다는 의지보단 턱 끝까지 치밀어 오른 조바심 때문이었다. 엄마가 오는 날까지 나흘이 남았다. 그 안에 미단의 흔적을 찾으려 최선을 다했다는 증거라도 남겨야 할 것 같았다. 경찰에 신고하지 않은 이유 같은 건 대강 생각해 두었다. 어디서 시집도 안 간 여자애가… 같은 말을 가장 많이 하는 사람이 엄마니까. 엄마, 여자애가 실종된 적이 있다고 기록에라도 남으면, 다른 사람들이 알게 되면 좋을 게 뭐가 있겠어?

출입문은 지문을 통해 열리는 듯했다. 가끔씩 택배 상자를 든 남자들이 번호를 떽떽거리며 누르곤 문이 열리길 기다렸다. 1층은 카페로 운영되고 있었는데 사옥 안의 화장실을 사용하는지 사람들이 카드 키 같은 걸 들고 건물 안을 오갔다. 뭐야, 그럼 나도 카페에서 커피 한 잔만 시켜 놓고 들어갈 수 있는 것 아닌가. 역시 중소의 허접함이란.

커피가 나오자마자 카드 키를 받아 들고 사옥으로 들어갔다. 1층엔 카페와 함께 쓰는 공용 화장실과 엘리베이터뿐이었다. 경비 한 명 없었다. 카드키를 주머니에 쑤셔 넣곤 엘리베이터를 타고 꼭대기인 5층으로 올라갔다. 미단이 일하던 정보지원부는 거기 있었다. 층계로 걸음을 옮겼다. 4층, 3층, 2층. 아예 사무실 안으로 들어가 볼 순 없었기에 다시 엘리베이터를 타고 올라갔다. 생각해 보니 옥상이 남아 있었다.

잠기지 않은 옥상에 발을 디뎠을 때 조금 놀랐다. 한 서너 명이서 옹기종기 모여 설 수 있을 것 같은 스탠딩 테이블이 여러 개 늘어서 있었고 그 위는 닦지 않은 물 자국이 말라 몹시 지저분했다. 바닥이 끈적거렸다. 한쪽에는 빈 맥주 캔과 샴페인 병들, 그리고 입에 닿는 부분이 빨간색으로 물든 일회용 포크들이 지저분하게 담긴 커다란 상자들이 아무렇게 널브러져 있었다. 날벌레들이 그 위를 끊임없이 돌았다.

비닐장갑을 낀 양복 차림의 남자 세 명이 소리 없이 옥상에 모습을 나타낸 것은 그때였다. 몸을 숨길 새도 없었다. 흠칫 놀랐는데, 남자들이 먼저 꾸벅 묵례를 했다. 나도 엉겁결에 고개를 숙였다.

- 이걸 이제야 치우냐. 왜 우리가 치우냐.

남자들이 투덜댔다.

- 바닥에 샴페인 튄 건 씨발, 어떻게 닦으라고….
- 사장이 그걸 굳이 생각할 필요가. 시키면 어떻게든 다 되는데.
- 둘 다 아직 안 나오지?

앙금

- 어.

- 무단이야?

- 모르지 뭐. 유급일지도. 그 사달이 났는데 사장 성격에 누구 하나 편들거나 쳐 내겠어? 지쳐 나가떨어지길 기다리는 거지. 손 하나 까딱 안 하고, 나쁜 사람 안 되고.

- 이게 뭔 일이래. 정보부 사람들은 어쩌려나.

- 재밌어하는 것처럼 보이던데. 관전 포인트가 한둘이냐.

저게 무슨 말이야. 엘리베이터가 아닌 계단으로 1층까지 내려와 다시 카페로 돌아왔다. 주인이 무심하게 카드 키를 되돌려 받았다.

그러니까, 미단과 이준영이라는 남자 사이에 문제가 있었다. 타 부서 사람들까지 모두 알 만한 문제가. 옥상에서 무언가 '사달'이 일어났고, 그날부터 두 사람 모두 출근을 하지 않는 중이다. 사람들은 무단 결근인지 아닌지 자세히 모른다. 그저 재밌어할 뿐이고….

이준영을 찾아야 할까. 미단이 남자와 얽혀 트러블을 만들었다면 어떤 것이 불씨가 되었을까. 미단은 대학에 가자마자 외박을 자주 했다. 엄마한테 전화 오면 잔다고 좀 해 줄래? 라고 내게 메시지를 보내고는 들어오지 않았다. 사귀는 남자가 생기면, 두 집 살림 하나 싶을 정도로 발걸음이 뜸해졌다. 그런 종류의 연애 사건이었을까? 엄마가 알면 뒷목을 잡고 쓰러지겠지. 아무리 무더운 날이어도 절대 브래

지어 위에 러닝 없이 바로 교복 블라우스를 입지 못하게 했던, 아랫도리를 꽉 죄는 속바지를 벗지 못하게 했던 엄마라면.

미단이 무슨 잘못을 어떻게 저질렀기에 사람들의 입에 이토록 오르내리고 사장조차 무마해 줄 수 없는 지경이 되었을까. 그때 내가 즐거운 상상을 하고 있다는 걸 자각했다. 알고 싶었고 알리고 싶었다. 미단의 치부를, 그 애의 잘못을. 폐기물 딱지를 붙여 만천하에 보이고 싶었다. 그러니 캐 봐야 했다. 엄마가 오기까지 남은 시간이 별로 없었다.

◯

자꾸 뭘 보내네, 동생이 언니한테.

◯

다음 날 미단의 노트북을 들고 사옥의 그 카페로 다시 출근해 아침 8시부터 앉아 있었다. 눈이 벌건 회사 사람들이 각다귀들처럼 커피를 사 가고 종업원에게 짜증을 있는 대로 내는 모습을 지켜보았다. 행여나 쓸 만한 소리라도 들릴까 사방으로 귀를 쫑긋 세웠지만 아침의 지친 영혼들은 영양가 있는 이야기를 내뱉을 기분이 아닌 듯했다.

내가 시킨 두 번째 커피가 나올 즈음, 그러니까

앙금

10시 반 정도 되었을 무렵에, 슬리퍼를 신은 여자 둘이 카페 안에 들어와 자리를 잡았다.

- 어제 준영 씨 만났다면서요. 괜찮아요?

정신이 번쩍 들었다.

- 준영 씨 뭐, 말도 아니죠. 사람이 꺼칠해져서. 나 준영 씨가 죽을까 봐 무서워서 일부러 자꾸 전화하잖아요.
- 근데 언니, 언니가 거기 왜 껴요. 준영 씨랑 연락 계속해 봤자 좋을 거 하나 없어.
- 어떡해요, 내 맘이 너무 불편한데. 내가 여기 가만히 앉아서 회사 말이나 듣고 있으면 그것도 방조 아닌가 하고. 난 차라리 악역인 걸 알면서 악역 놀음을 하면 상관이 없단 말이에요. 근데 김미단은….

둘은 내 쪽을 슬쩍 돌아보더니 목소리를 낮췄다.

- 언니. 누군 그렇게 생각 안 하겠어요? 먹고살아야 하니까 말 못 하는 거지. 근데 솔직히 준영 씨도 많이 이상한 사람인 거 잘 알잖아요. 친해지고 싶은 사람 아니잖아요. 결국 이상한 사람끼리 서로 못 잡아먹어 안달인 거지 뭐….

대체 어떤 식의 갈등이었던 걸까. 사내 치정극? 남자와 거의 동거하는 수준으로 외박을 일삼던 예전의 미단을 생각했다. 여기서도 개 버릇 남 못 줬구나? 무슨 일이 일어났는지 알려면 어떻게든 준영이란 남자를 만나야 했다. 여자 동료들조차 가여운 투로 묘사하며 동정하는 남자. 절대적으로 당신의 편이라는 점만 확실히 한다면 쉽게 넘어오지 않을까.

노트북으로 카카오톡을 실행시켰다. 미단의 계정으로 로그인하고, 준영의 카카오톡 계정을 내게 공유했다. 혹여나 김미진이란 이름을 보고 김미단을 연상하지 않을까 싶어 대화명을 뜻 없는 문구로 슬며시 바꿔 두었다. 뭐라고 메시지를 보내면 그가 겁을 먹지 않고, 의심 없이 받아들일 수 있을까. 그러다 결론을 내렸다. 터널을 통과하고 있는 이에겐 가장 평범한 말이 빛날 수 있으니, 최대한 따뜻하고 모난 데 없는 텍스트를 날려 보자.

[안녕하세요 준영 씨]

[몸은 좀 괜찮아요?]

두 번째 줄을 쓰는데 이미 말풍선 옆의 숫자 1이 사라져 있었다.

[네 조금씩 괜찮아지고 있어요]

[휴 ㅠㅠ]

[다행이에요]

[그런데 죄송해요
제가 번호를 저장 안 했나 봐요]

[누구세요? 정말정말 죄송해요 ㅠㅠ]

도박이다. 이 회사가 서로 속속들이 다 아는, 뭐 그런 가'족 같은' 회사는 아니겠지. 메시지를 보낼

양금

때마다 1은 바로 사라졌다.

[3층 사람이에요.
지금은 퇴사했고요 아마 잘 모르실 텐데]

[김미단 대리 관련해서
준영 씨한테 묻고 싶은 게 있어요.
저도 당한 게 있어서]

[혹시 잠깐 커피라도
마실 시간 되세요?]

그러자 준영은 이렇게 답했다.

[최대한 빨리요ㅠ]

상상하니 가슴이 뛰었다. 준영이라는 사람이 유부남이면 어떡해? 엄마가 뭐라고 할까? 유부남이 아니면, 양다리라도 걸쳤을까? 그건 너무 약한데. 완전 센 게 필요해. 너무 세서, 족보에서 파 버리고 싶은 그런 잘못을 저질렀어야 해. 나는 미단과 함께여서 좋았던 적이 한순간도 없었으니까, 걔가 상종 못할 쓰레기가 된다면, 가족들이 구성원으로 인정하려 들지 않는 사람이 된다면, 그런다면 얼마나 속이 시원할까.

그날 밤 꿈을 꾸었다. 팥 주머니 덕에 여자는 코빼기도 비치지 않았고, 대신 얼굴도 모르는 이준영이 나왔다. 아주 적극적인 남자였다. 김미단도 대학원도 회사도 잊고 내내 물고 빨고 섹스했다. 깨서 물을 한 컵 따라 단숨에 마시며 나도 모르게 날짜를

헤아렸다. 썸을 타고 사귀고 10만 원을 구하려면 며칠 정도가 걸릴까. 카카오톡 프로필 사진은 어떤 포즈로 찍어서 걸어 둘까. 그 사진을 달고 대학원 카톡방에 메시지를 남기면, 주민상 그 개새끼 기분은 얼마나 엿 같을까. 좋았어.

오후의 스타벅스는 꽤 시끄러웠다. 우리가 무슨 이야길 하든 적당히 희석될 수 있을 만한 데시벨이었다. 주머니 안의 핸드폰을 만지작거렸다. 어제 제대로 녹음이 되는지 집에서 리허설을 해 보긴 했는데 이렇게 사람이 많을 줄은 몰랐다. 이 사람들 다 직장엔 안 다니고 뭘 하는 걸까. 주변을 둘러보았다. 세상에 이렇게 놀고먹는 사람이 많은데 왜 나에게는 10만 원이 없을까.

준영에게서 5분 후 도착한다는 메시지가 왔다. 파우치를 열고 손거울을 꺼내 보며 머리를 매만졌다. 여동생과 얽히고설켰을 남자를 만나는데 왜 이렇게 외모에 신경이 쓰이는지 그 와중에도 우스웠지만, 기회는 어디서든 온다는 걸 모르는 나이도 아니니까. 정말 오랜만에 옷장에서 원피스를 꺼낼 때 좀벌레가 툭 떨어졌고, 그걸 눌러 죽이는 바람에 빛나는 은색 자국이 방바닥에 남았으며, 스무 번쯤 옷을 털고 입어야 했지만 그래도 지금의 상태는 괜찮았다.

- 저, 신영F&C…?

핸드폰에 박고 있던 고개를 들었을 때 눈앞에 보

인 것은, 두꺼운 안경을 쓰고 아직 마르지 않은 머리를 치렁치렁 내리고 있는 거구의 여자였다.

○

산 사람 해칠 영을, 그년이 보낸다고.
언니가 잘못한 거 하나 없는데 앞이 막혔어.
보이지 않아.

어린애가 잉잉거리며 우는 소리.
늙은 여자의 입에서 피어오른다.

○

이준영은 전혀 의심하지도, 묻지도 않았다. 3층 사람이라고 꾸며 댄 것이 민망할 만큼. 그저 한시도 쉬지 않고, 자기 얘기만 했다. 이준영이란 존재를 찾아 준 게 견딜 수 없을 만치 기뻤을 뿐이다, 그 여자는. 그래서 꽥꽥대고 지껄이며 쏟아붓는 것이다.

이준영은 말했다. 김미단은 2년제 꼴통인데 자기는 괜찮은 4년제 출신이라서, 그래서 그렇게 자신을 미워하고 괴롭힌 거라고.

- 밥 먹을 때 가끔 제가 3학년 때, 4학년 때 얘기했거든요. 그럼 표정 싹 굳는 게 보였어요. 그런 날엔 들어가서 더 많이 갈궜고요.

처음엔 가볍게 면박을 주거나 무시하는 태도를 보였던 미단은 점점 강도를 더해 갔다고 했다. 준영의 눈앞에서 코를 쥐고 낄낄대거나 커피를 책상에 엎는 유치한 짓부터, 일부러 엉뚱한 업무를 지시하곤 남에게 준영의 무능을 까발리는, 어쨌거나 남의 돈 벌어먹으며 살아야 하는 준영에겐 치명적이었을 일들까지 아무렇지 않게 했다고.

- 왜 그랬을까요? 예? 왜요, 저한테? 저는 잘못한 게 없단 말이에요.

준영이 느닷없이 내 옆으로 자리를 옮기더니 팔짱을 끼며 물었다. 팔을 슬그머니 빼내며 헛웃음을 지었다. 준영의 머리에 가득한 비듬이 원피스에 떨어질까 두려웠다. 센 에어컨 바람에 원피스 소매가 연신 펄럭였다.

준영이 대표에게 다섯 번이나 투서를 넣었지만 모두 무시당했다는 말이 제일 우스웠다.

- 왜 그랬어요? 그런 거 넣어 봤자 아무것도 안 바뀌는데.
- 사람들이 그 여자를 좋은 사람이라고 생각할까 봐 그게 싫어서요. 제가 아무 말도 안 하니까 다들 절 무시해도 되는 것처럼 생각하잖아요.
- 근데 그거 준영 씨한테 더 불리한 거 알죠? 사람들은 머리 아픈 거 싫어하고, 김미단이 직급도 더 높은데. 그런 일 생기면 그냥 똥 밟았다 생각하라고 하잖아요 다들. 준영 씨가 똥인 거죠, 똥!

준영이 한숨을 쉬었다.

양금

- 옥상에서도 그렇게 참았는데.

준영의 팔을 덥석 잡았다. 끈끈했다.

- 옥상에서? 옥상에서 뭐? 뭘 어떻게 했는데요?
- 아아, 봄에 그만두셨다고 했죠. 이 얘긴 모르시
겠구나. 우리 대표 알잖아요. 남들 앞에서 척하는
거 진짜 좋아하잖아요. 잘해 주는 척, 착한 척, 젊
은 척. 게다가 나이 먹어서 외로우니까 맨날 자기
얘기만 하고 다들 자기랑 놀아 줘야 하고. 대표가
얼마 전에 그러는 거예요. 딸기 뷔페 한번 쏘겠다
고. 근데 나가서 먹지 말고 회사에서 차려 먹자
고. 사람들이 딸기 철도 다 끝났는데 무슨 딸기냐
고 좀 툴툴대긴 했지만 뭐 하우스도 있고. 게다가
전 딸기를 워낙에 좋아하고 그래서요. 한 상자 사
서 혼자 한 번에 먹어요 저는.

뭔들 안 좋아하겠어, 저 두툼한 손목이랑 손가락
좀 봐.

- 근데 웃기죠? 저희 보고 당일 아침 8시에 출근
해서 다 세팅하라는 거예요.
- 네?
- 회사에 딸기랑 샴페인 배달시켜 놓을 테니까
우리보고 옥상에서 루프탑 파티 세팅하라고. 그
리고 일이 아니라, 맛있는 거 먹고 놀러 나오는
거니까 연차를 하루씩 다 까겠다고 했어요.
- 예?
- 진짜, 그 전에 회사 나가신 거 너무 잘하셨어요.
그… 저… 으… 죄송해요. 성함이 뭐라고 하셨죠?

제가 이래요, 깜박깜박.

가장 어린 여자 대리인 미단이 딸기 뷔페의 책임
자였다. 하우스에서 재배한, 철을 넘겨 비싼 생딸기
와 각종 딸기 맛 디저트, 샴페인, 양동이며 얼음, 폭
죽 같은 것들을 잔뜩 주문했다. 동그란 스탠드형 테
이블은 아마 어디선가 렌트했을 것이다. 접시는 일
회용으로 주문했다가 '필'이 살지 않는다는 대표의
지적에 금빛 테를 두른 흰색 사기 접시로 바꾸었다.
테이블보, 드라이플라워 따위는 어차피 그날 하루
의 연극이 끝나면 창고에 처박힐 것들이었다. 세상
엔 잘못된 곳으로 가는 눈먼 돈이 정말 많았다.

 - 근데 그날 비 오지 않았어요?

맞다. 폭우가 내린 날이었다. 기온도 전날보다 8
도가량이 떨어져 몹시 쌀쌀했다. 준영이 출근하니
이미 모두의 책상에 투명한 우비가 한 벌씩 올려져
있었다. 그걸 입고 세팅하라는 거였다.

 - 옥상에 천막 같은 건 없었어요?
 - 있을 리가 있나요. 추운 날인데도 비가 그렇게
오니까 진짜 습했어요. 손가락은 시린데 몸에선
땀이 났죠. 심지어 우비가 작더라고요 저한텐. 근
데 잠시만요. 혹시 저녁은… 어떻게 하세요?
 - 네?
 - 죄송해요. 제가 밥을 꼭 제때 먹어야만 해서….
그 왜, 만두가 되게 맛있는 집이 있는데 혹시 생
각 없으세요?
 - 지금요?

양금

- 위가 좀 안 좋아요. 제때 안 먹으면 큰일 나고….
- 아 그래요, 그래. 나가요.
- 저희 집 근처까지 가야 되는데 괜찮으세요?
- 예?

꿉꿉한 공기, 씻지 않은 늙은 몸에서 나는 냄새들. 이래서 1호선은 웬만하면 안 타는데. 아무 데도 갈 곳 없는 노인들이 실려 가장 멀리 가는 열차 안에서 나는 준영과 나란히 앉아 덜컹거렸다. 속이 자꾸 뒤틀렸다. 옆에 앉은 준영의 모가지를 손으로 쥐고 닥치라고, 그만 떠들라고 소리를 지르고 싶었다. 그런데 바로 그 말들을 내가 들으려고 이 여자를 부른 것 아닌가. 준영에게선 냄새도 났다. 헐렁한 옷아래의 접힌 배 사이사이에 분명 끼어 있을 시큼한 땀 냄새. 한 시간 전부터는 준영의 양쪽 눈에 눈곱이 끼어서, 준영의 눈을 마주치지 않으려 노력 중이었다. 대신 땅을 내려다보며 오늘 얼마를 썼는지 계산했다. 스타벅스는 생일 때 친구가 준 기프티콘으로 해결. 설마 만두값을 내 돈으로 내라고 할까. 어떻게든 자기 편해지자고 장소를 옮기는 저 모습을 봐서는 가능할 것이다. 그 바람에 교통비도 이중으로 들게 생겼다.

- 여기, 여기서 내려요. 5분만 걸으면 돼요. 같이 먹게 되어서 너무 좋네요. 근데 성함이… 뭐라고 하셨더라. 어휴 죄송해요.

만두집에 자리를 잡고 준영은 다시 이야기를 시작했다. 준영은 그날 빗물에 젖은 손이 미끄러워 그만 샴페인 병을 놓쳤다고 했다. 유리 조각이 여러 사람의 발에 튀었다. 미단은 서로 괜찮냐고 물으며 청소 도구를 찾는 사람들에게 준영 씨가 치워야죠, 라고 외쳤다. 나머지 분들은 가만히 있어요, 편하게 계속 드세요.

춥고 더워 불편해하던 사람들은 앞다투어 나섰다.

— 아녜요, 저희가 준영 씨랑 같이 치울게요.
— 준영 씨, 청소 도구 어딨는지 모르죠?
— 같이 내려가요, 준영 씨.

미단은 딱 부원들에게 들릴 만큼만 작은 목소리로 씨발, 이라고 뱉은 후 그 자리에서 직접 청소 도구를 찾으러 내려갔다. 부하 직원들은 그 자리에 못박혀 축축한 딸기만 하염없이 씹어야 했다. 아마 경영실장이 든 골프 우산 밑에서 환하게 웃던 대표의 입술이 비틀린 것이, 미단의 스위치를 눌렀을 터였다. 아니 뭐 다들 놀기 싫고 일만 하고 싶나 봐, 아니면 준비가 부족해서 성에 안 차나? 그런 말이 대표의 입에서 나온 순간, 그 애의 뇌를 막고 있던 코르크가 슬슬 움직이면서 뻥 소리를 내며 날아갈 채비를 했을 테다.

그렇게 행사는 네 시간 동안 이어졌고, 오늘 찍으신 사진 있죠? 모두 개인 SNS에 업로드하시고 SNS 없으신 분은 카톡 프로필 사진으로 해 주신 후에 캡처본 보내 주시면 됩니다, 하는 미단의 공지로 끝이 났다.

— 그래서 그게 끝이었어요?

앙금

- 그럴 리가 있나요. 그 정도야 제가 매일 당하던 일인데.

덜덜 떨며 엉금엉금 실내로 돌아와 찢어지는 티슈로 빗물을 닦아 내던 사람들이 일제히 멈춰 선 것은, 미단이 떨어뜨린 펜을 찾으러 책상 밑으로 기어들어 갔을 때였다.

- 여러분. 이게 뭐죠?

자리에 앉아 퇴근 지시만을 기다리던 직원들이 일제히 고개를 들었다. 미단의 손에는 네 귀퉁이에 셀로판테이프가 붙은 부적이 들려 있었다.

- 제가 붙인 거 진짜 아니었거든요. 저 그거 누가 붙였는지 알아요. 새로 들어온 남자 직원 둘 있어요. 뒤에선 김미단 얼평에 욕 오지게 하면서 앞에서는 무슨 얘기만 해도 손뼉 치며 웃어 주는 애들. 대리님 말씀이 다 맞다고. 김미단이 남자는 또 오지게 좋아해서, 티 나게 예뻐하죠. 걔들이 일주일 전쯤에 붙인 거예요. 그때 사무실에 걔들이랑 저까지 딱 셋 있었는데 제 눈치는 보지도 않고 처웃으면서 책상 밑에 그걸 딱 붙이더라고요. 저는 원래 투명인간 취급받았으니까 뭐. 걔들 말 엿들어 보니까 뭐 악귀 몰아오는 그런 거라고 했는데 저야 그냥 재미로 그러는 줄 알았죠. 저 그런 거 하나도 안 믿었거든요.

김미단은 손가락을 들어 준영을 가리켰다. 준영

은 거기서 누군가를 대신 지목해 봤자 아무도 자기 말을 듣지 않으리란 것을 잘 알았다. 모욕감에 더는 버틸 수가 없었다. 자리를 박차고 나왔는데 비참하게도 준영에게 학습된 회사원의 본능이, 사옥을 뛰쳐나갈 수 없게 막았다. 그러니 결국 향한 곳은 옥상이었다. 그리고 미단이 뒤를 따라 올라와 준영의 머리채를 붙들었다.

- 네?
- 머리채 붙들고 비 오는 옥상 한가운데로 질질 끌고 갔어요. 무릎이 바닥에 질질 끌렸는데 우레탄이었기 망정이지 콘크리트였으면….

준영이 낑낑대며 통 넓은 바지를 걷어 올려 무릎을 보여 주었다. 온통 멍투성이였다. 그러나 의아했다. 살면서 45kg을 넘겨 본 적 없을 미단이 저 거구를 질질 끌고 다녔다고?

- 김미단 대리 그렇게 안 봤는데 힘 좋네요.
- 그게요, 저 진짜 무서웠어요, 그때. 귀신 붙은 것 같았어요, 그 사람. 손아귀 힘도 미쳤는데, 저를 끌고 다니면서 주먹으로 아무 데나 막 때렸어요. 옥상 난간으로 끌고 가서는 저를 밀어서 아래로 떨어뜨리려고 하는 거예요. 저 정말, 죽을힘을 다해서 아무 데나 잡고 버텼어요, 죽을까 봐…. 김미단이 그러면서 이상한 말을 하는 거예요. 방언 같은 거 있죠, 사이비 영화 같은 데 나오는. 그런 말 하면서 눈깔 까뒤집고요. 우리 층 사람들이 다 따라서 뛰어 올라왔는데 그 광경을 모두 봤다

고요. 사람들이 달려들어서 제 머리채 잡은 손을 떼어 놓으려고 하는데 죽어도 안 되는 거예요. 남자 다섯이서 달려들었는데.

준영이 물을 마시고 입을 닦더니 덧붙였다.

- 그 부적이 진짜였나 봐요. 그거 아니고는 설명 못 해요.

준영은 유급휴가를 받는 대신 그 일에 대해 문제 삼지도, 외부에 누설하지도 않겠다는 각서를 썼다. 미단은 준영 다음으로 사장실에 들어갔는데 그때도 제정신이 아니어서 두 사람이 팔 한쪽씩을 잡고 있었다고 했다. 그렇게 말하며 준영은 주섬주섬 가방에서 뭔가를 꺼냈다.

- 사장실에서 각서 쓰고 나와서 우리 층에 들렀어요. 다 퇴근하고 아무도 없는데 이게 바닥에 뒹굴고 있길래 주워 왔어요.

부적이었다.

- 이걸 주워 왔다고요? 무섭지 않았어요?

준영이 픽 웃는 소리를 냈는데 눈은 웃고 있지 않았다.

- 무서울 게 뭐 있어요. 더는 잃을 게 아무것도 없는데. 제가 회사에 돌아갈 수 있겠어요? 유급 주다 곧 자르겠죠. 재취업은 쉽겠어요? 저 4년제 나왔어요. 인서울이고 나름 중상위권이라고요. 근데 원서 121개 쓰고, 하나 붙었어요. 힘들게 들어

갔는데 1년도 안 돼서 나왔다? 어느 회사에서 그걸 경력으로 치겠어요? 부적응자로 의심하기나 할걸요. 차라리 이거라도 가지고 있으면 신내림이라도 받을지 누가 알아요? 그럼 좋죠. 점집 차려 떼돈 벌 거예요.

◌

언니 죽으려면 죽어, 언니는 이제 벼랑 끝이야,
앞에서 밀고 뒤에서 잡아당겨.
언니 맘대로 해, 믿든 말든 언니가 알아서 해.
나는 상관없지 뭐 언니 목숨이 내 목숨이야?
뒈지라고. 원한 잔뜩 품고 어,
어디 가서 뒈져 그냥.

◌

집에 돌아와 앉아서, 이준영과 마셨던 커피의 영수증에 빨간 플러스펜으로 딸기를 그렸다. 하나, 둘, 셋. 폭우가 내리는 옥상에서 연차를 쓴 채 우비를 입고 딸기 타르트와 딸기 맛 마카롱과 딸기 케이크를 입에 쑤셔 넣는 수십 명의 사람들. 우레탄 바닥에 고인 빗물 위로 자박대는 발소리들. 여기저기서 뻥뻥 터지는 샴페인 소리. 그리고 그 가운데서, 덜덜 떨리는 손으로 샴페인 잔의 기둥을 쥔 채 활짝

앙금

웃고 있는 김미단.

그렇게 웃는 미단이 어떤 마음이었을지 나는 너무나도 잘 알았다. 자신이 일궈 낸 성과의 전부인 집단, 거기서 꾸며 낸 무대를 어떻게든 사수해야겠다는 마음. 그게 무너진다면 자기 존재가 물거품이될 거라는 공포. 자길 망칠 것들은 미리 눌러 죽이고 싶어 했을, 잔인한 심성.

그 애는 엄마에게도 자주 그런 말을 하며 확인해야 했다.

- 엄마, 나 진짜 잘 살고 있지? 내 인생 잘 풀렸지? 나같이 스스로 앞가림 잘하는 딸이 하나는 있어서 얼마나 행복해?

나는 미단의 노트북을 계속해서 뒤졌다. 뒤질수록 전혀 몰랐던 것들이 툭툭 튀어나왔다. 미단이 어떤 사람인지는 나보다 크롬 기록이 더 잘 알고 있었다.

미단은 온갖 온라인 아웃렛을 돌아다니며 원피스를 골랐다. 중고 가방을 많이 샀다. 사후 피임약의 부작용을 검색했다. 예전에 만나던 남자들의 SNS 계정에 매일 들어가 보았다. 결혼 정보 회사에서 자신을 어느 정도의 레벨로 보는지 알고 싶어 했다.

미단은 인터넷에 나에 대한 글을 올렸다. 대학원 간다고 부모 재산을 축내는 식충이 언니. 자신이 평생 그 언니만 아끼는 부모님 밑에서 얼마나 힘들게 자기 가치를 증명하기 위해 애썼는지. 얼마나 많이 울어야 했는지. 그리고 상사의 성희롱과 폭언을 얼마나 독하게 참아 가며 착실히 실적을 쌓았는지에 대해 썼다. 모든 응원 댓글에 정성스레 답글을 달았다.

하나도 안쓰럽지 않았다. 그 애의 피해 의식이 이렇게나 컸다는 게 조금 놀라울 뿐이었다. 그래서 사람을 못살게 해 놓고 주변의 핑계만 대는 거구나.

엄마에게서 전화가 왔다. 받지 않고 핸드폰을 슬그머니 뒤집어 놓았다. 머리가 아파서 아무와도 이야기하고 싶지 않았다. 미단이 뻑뻑하다고 불평하던 미닫이문 너머로 현관문을 바라보았다. 지금의 비밀번호는 엄마가 기억하기 쉽도록 아빠와 엄마, 그리고 나의 생월을 이어 붙인 것이었다. 왜 미단의 생월은 안 붙였지? 그제야 갑자기 궁금해졌다. 비밀번호를 정한 사람이 나는 아니었는데. 아마 엄마였을 것이다.

한숨을 쉬었다. 귀찮아, 너무 귀찮아. 팥 주머니를 만지작거렸다. 이미 시간은 흐를 만큼 흘렀고, 언니란 사람은 그동안 누구에게도 말하거나 신고하지 않았으니까 어쩌면 사람들은, 내가 미단의 실종에 책임이 있다고 의문을 품을지도 몰랐다. 정말이지 말도 안 되는 일이었다. 그러니, 어찌할 바를 몰라 봉하지 않았던 자루를 이젠 단단히 묶어 붙어 난 강 어디쯤에 던져야 할 시점이었다.

비유하자면 그렇단 얘기다.

현관문을 나와 계단을 쭉 내려갔다. 양쪽의 신발

양금

위에 비닐 봉투를 덧씌워서 쿵, 쿵 하는 대신 바스락거리는 소리가 온 건물에 울렸다. 발목에 땀이 차는 게 느껴졌다. 1층을 지나, 더 아래로 내려갔다. 몸이 조금만 땅 아래로 내려와도 금세 습한 기운이 쭉 끼쳤고, 차갑지만 답답한 공기가 콧속으로 밀려들어 왔다.

전남 어디쯤에 농장 하며 살고 있다던 건물주가 건물을 제대로 관리하지 않은 지는 퍽 오래되었다. 층계가 점점 더러워지고, 복도의 불이 나가고, 자동문이 망가져 24시간 활짝 열려 있었지만 아무도 누구에게 전화를 걸어 항의해야 할지 알지 못했다. 몇백 km 밖에 있는 건물주는 너무 전화를 받지 않아서, 차라리 비둘기를 날려 편지를 보내는 게 나을까 싶은 지경이었으니까. 물론 지하실 역시 사람의 발길이 닿지 않은 지 제법 되었다. 건물을 청소하는 사람이 없었으므로. 열쇠를 누가 가지고 있는지 아무도 알지 못했으므로.

열쇠를 오른쪽 바지 주머니에서 꺼내 구멍에 넣고 돌렸다. 왼쪽 주머니는 팔 주머니가 들어 불룩했다. 문을 아주 약간만 연 후에 몸을 비집고 들어갔다. 지하실의 전구는 이미 나간 지 오래여서, 대신 가져온 랜턴을 켰다.

건전지가 낡아서인지 아주 약해진 불이 천장을 비추었다. 랜턴을 아래로 조금 내렸다. 물이 벽을 타고 주르르 흐르는 모습. 오른쪽 천장 구석을 비춰 보았다. 역시나 물방울이 맺힌 거미줄. 거미는 어디 갔는지 보이지 않는다. 왼쪽 구석에는 빗자루며 커

다란 쓰레받기, 청소용 세제 통 같은 것들이 즐비한
데 온통 시커먼 곰팡이투성이였다. 언제 쓰였는지
도대체 알 수 없도록. 나는 랜턴을 휘휘 돌렸다. 몇
번씩 원을 그리며.

- 김미단.

이름을 불렀다.

- 대답해, 김미단. 죽었어?

대답이 없었지만 씩씩거리는 숨소리는 들렸다.

- 그치, 안 죽었지. 사람은 생각보다 쉽게 죽지 않아.

뿌연 빛이 이제 의미도 없는 사물들을 떠나, 가운
데 놓인 미단의 팔과 다리를 비추었다.

- 이제 좀 힘이 빠졌니?

미단의 얼굴 옆엔 정체 모를 물이 고인 웅덩이 같
은 게 있었다. 분명 처음엔 미단이 저쪽 한구석에
있었는데, 여기까지 기어 왔나.

- 미단아. 이 더러운 물을 마셨어? 어이구, 어쩔
까. 아무리 목이 말라도 그렇지, 더러운 물 마시
면 병나. 우리 동생 어떡해.

바퀴가 옆을 기어가는 소리가 들렸다. 나는 바퀴
를 별로 무서워하지 않았다. 세상엔 바퀴보다 크고
바퀴보다 무서운 것이 훨씬 많으니까. 굳세어라 우
리 미단, 은 잘 모르겠지만.

- 미단아, 너 냄새 난다.

미단이 끙끙댔다.

양금

- 땀 냄새도 나고 똥 냄새도 난다. 어떡해. 나 내일 신고할 건데. 사람들이 올 텐데. 우리 미단이 쪽팔리겠다.

미단은 내 말을 이해하고 있을까?

- 응? 미단아. 내일 다들 너 보러 올 텐데. 미단아 근데 난 무서워. 아직도 너한테 미친년이 씌어 있을까 봐. 해코지할까 봐. 내가 어떻게 하면 좋을까?

미단에게 다가가 재갈을 풀어 주었다. 미단이 하는 말에 귀 기울였다. 웃음이 나왔다.

- 미단아, 이게 뭐야. 한국말 해야지. 그래야 억울한 것도 이야기하고 언니가 그랬다고 일러바치고 그러지. 왜, 잘 안 돼? 말이 잘 안 나와?

팥 주머니를 꺼냈다. 지하실의 벽을 향해 던지고 줍고를 반복했다. 그러다 몇 번은 미단의 얼굴 옆에 있는 웅덩이로 잘못 떨어뜨렸다. 물이 미단의 얼굴에 튈 때마다 미단이 움찔거렸는데 혀는 주인의 말을 듣지 않고 그걸 핥으려 길게 늘어졌다. 팥 주머니는 물을 머금고 금세 무거워졌다. 그걸 다시 바지 주머니에 쑤셔 넣으니 베이지색 면바지에 금세 동그랗게 젖은 자국이 생겼다. 손에 낀 장갑도 축축해졌다.

- 미단아. 미안한데 언니가 네 가방 두 개 팔았어. 그 왜 구찌 있지, 그거랑, 브랜드는 기억 안 나는데 아이보리색 있잖아, 그거. 되게 잘 썼더라, 기스 하나 없이. 미단아 근데 이제 그거 너한테 필요 없잖아. 아마 그럴 거야. 그럴 거면 잘 써 주는

주인한테 보내는 게 인간적으로 좋지 않겠어? 사
실 언니한테 급전이 좀 필요했는데 너 평소에 언
니 사랑했잖아. 언니한테 이것저것 많이 해 주고
싶었잖아. 엄마한테 그렇게 말했잖아. 아, 그리고
그 샤넬 지갑은 엄마 주면 좋겠더라. 그것도 왜
안 썼어, 사 놓고 바라보기만 했나 봐. 그건 내가
엄마 줄게. 너 효도하는 거 좋아하잖아 미단아.

미단에게서 요양 병원의 냄새가 나는 바람에 짜
증 났고, 기뻐 견딜 수가 없었다.

미단아, 나 내일 경찰에 실종 신고 하려고. 걔들
이 지하실에도 한 번쯤 내려오지 않을까? 몇 시쯤
올진 나도 잘 모르겠지만 말이야….

너 알지, 골목 가로등에 CCTV 있는 거. 거기 너
찍혔을까 궁금해. 엄마가 CCTV를 보면 뭐라고 할
까? 갈지자로 휘청대며 양손을 이상하게 여기저기
로 뻗고 머리를 흔들고 펄쩍펄쩍 뛰다 넘어지고 치
마가 훌러덩 뒤집혀 팬티가 다 보이는 네 모습이 담
긴 CCTV를 보면 말이야. 미단이 인생 최대의 불효
겠다, 그치.

미단아. 나 이준영 씨 만났어. 진짜 별로더라. 네
가 왜 그렇게 괴롭혔는지 좀 알겠어. 근데 좀 참지
그랬어. 그랬으면 이준영 씨가 너를 이렇게 만들어
놓을 일도 없었을 텐데, 그치, 미단아. 이준영 씨가
너를 여기 가둘 일도 없었을 텐데, 그치. 사람들도
녹음 파일 들으면 다 믿겠지, 이준영이 복수한 거

고, 원한 관계, 그치. 이준영이 이렇게 만들었어, 착한 내 동생 미단이를.

미단아.

난 예전부터 그렇게 외동인 애들이 부러웠어.

너도 그랬지? 나도 다 알아. 가족이잖아. 언니잖아.

지하실 문이 열렸다. 밖에서 들리는 빗소리의 음량이 커졌다. 젖은 손이 찰박찰박 문틀을 붙잡는 소리가 났다. 어디서 떨어지는지 모를 물이 이마를 적셔 차가웠다. 그 여자. 뻥 뚫린 코밖에 없는 그 여자가 기어들어 오고 있었다.

천장에서 다시 팥알 쏟아지는 소리가 났다. 쏴, 쏴아. 천장에 점점이 뿌려져 있던 붉은 자국이 금세 면이 되어 벽면까지 훌쩍 덮었다. 그리고 여자는, 우리가 있는 쪽으로 천천히 기었다.

나는 여자를 바라보았다. 천천히 걸었다. 크게 숨을 들이마시고는, 오른발로 여자의 손을 밟았다. 축축하게 젖은 머리카락이 붓처럼 비닐에 싸인 운동화 앞코를 쓸었다. 나는 왼발을 들어서, 여자의 날갯죽지에 대곤 점점 체중을 실었다. 여자가 움찔거렸다. 빠각, 하는 소리가 들렸다.

모두가 이젠 내 말을 더 믿을 테니 별로 두렵지 않았다. 미단이 말한 대로, 의지가 있으면 되는 일이었다. 역시 똑똑한 내 동생. 여자가 자꾸 다리를 버둥거리길래 몸의 중심을 조금 낮췄다. 그러니 훨씬 안정적이었다.

먹히기 전에 먹어 치워.
알아들었어?

앙금

추천의 말

삶은 고통이다. 서슬 퍼런 세상은 사소하게 잔인하고 영리하게 냉혹하다. 그리고 가진 자들은 언제나 자신의 위치를 공고히 하기 위해 가장 게으르고 쉬운 방법을 선택한다. 같은 체급 안에서 투쟁하지 않고, 자신보다 하위의 계급을 짓밟고 착취한다. 그리고 착취당한 이들은 언제나 스스로를 자해한다. 내가 혹은 네가 부족했기에 저들과의 공.정.한 싸움에서 패배한 거야. 그렇게 패배한 우리들은 서로에게 위로조차 되지 못한 채, 뿔뿔이 스스로를 고립시킨다.

설재인의 소설 〈사뭇 강펀치〉의 도입부는 이렇게 오늘을 살아가는 우리의 현실 세계를 반영한다. 이미 절망하고 있는지라 더 절망할 여유가 없어 스스로를 고립시킨 열여섯 살 권투 선수 현진은 버티고 있다. 부조리와 실질적인 폭력 안에서, 강제된 배고픔과 고립감 안에서 품은 실낱같은 바람. 그 새끼를 죽일 것이라는 그녀의 꿈은 그녀의 일상만큼 서럽다.

작가 설재인의 풍부한 감성에서 비롯된 날카로운 시선은 짧은 단편소설의 첫 몇 페이지만으로도 독자들의 마음 한구석에 현진이라는 10대 소녀의 아픔을 깊이

간직하게 만든다. 설재인 작가는 냉혹한 현실을 뜨거움을 숨긴 채 더욱 냉혹하게 바라보며 문학적 깊이를 매개로 칼을 갈듯 인물의 심리를 묘사한다.

무엇보다도,

이 소설의 경이로운 점은 불안해하면서도 작은 희망과 해피엔딩을 향해 가차 없이 걸어간다는 것이다. 현진은 짝꿍 윤서가 내민 별것 아닌 손을 꽉 잡았고, 스스로를 희생해 가며 무책임하고 부주의했던 어른들의 도움을 복구해 내고 성공해 낸다. 그 성공의 열쇠는 자그마한 용기다. 한 걸음 더 나아가 보겠다는 용기. 그것이 여전히 미래를 알지 못하는 10대 소녀 현진과 그의 친구 윤서가 우리에게 주는 선물이라고 생각했다. 그 자그마한 용기가 바로 지금, 이 냉혹하고 착취를 당연시 즐기는 세상에서 버틸 수 있게, 그리고 끝내 작은 승리를 거머쥘 수 있게 만드는 열쇠라는 것을 우리는 알고 있기 때문이다.

신체가 고립되어 정신도 고립되는 것 같은 요즘, 작은 미소를 짓게 하는 이야기. 설재인의 문학이다.

추천의 말

윤이나 작가

《사뭇, 강펀치》를 펼칠 때는 조심해야 한다. 죽일지 언정 죽지는 않으며 포기하지 않고 끈질기게 살아남은 젊은 여자들이 가드를 올린 채 기다리고 있기 때문이다. 이 여자들은 비틀어진 속내나 끈적한 감정들을 깊이 숨겨 두고, 차분히 기다린다. 그 눈만 들여다보고 있다가는 언제 급소에 한 방이 들어올지, 얼이 빠진 사이 언제 뒤통수를 맞게 될지 모른다.

나는 소설을 읽고 추천사를 쓰려고 한 것뿐인데 어이쿠, 그만 읽기 전 주의 사항까지 미리 알려 버리고 말았다. 하지만 지레 겁낼 필요는 없다. 어느 순간부터는 강펀치를 맞더라도 뒷이야기를 봐야겠다는 마음에 페이지를 더 넘기고 싶어질 테니까. 아무래도 부조리하고 이상하게 굴러가는 이 세상에, 나도 한 번쯤은 강펀치를 날려 보고 싶다는 마음이 들 테니까 말이다. 체념하고 수긍하고 순응하느니, 이를 갈며 맞서 싸우고, 치밀하게 복수하고, 운명에 승부를 걸어 보려는 이 여자들이 나는 사뭇 마음에 든다.

작가의 말

"저… 저를 어떻게 아셨어요?"

처음 보는 레미 PD가 자리에 앉자마자 내가 내뱉은 말이 그거였던 것 같다. 아마 두 번째는, "그… 그렇지만 제가 그런 이야기를 쓸 수 있을까요…."였던 것 같고.

안전가옥과의 작업 이전에 낸 모든 책이, 전체 분량의 투고를 통해 출간된 것들이었다. 즉 한 글자도 쓰지 않은 채 도장부터 꽝꽝 (전자 계약으로) 찍은 건 난생처음이었단 이야기. 계약서를 보내며 불안감에 달달 떨었다. 잘 못 쓰면 어떡하지? 미팅 자리에서 커피를 마실 때도 후덜덜 떨었다. 이렇게 얻어먹었는데 폭망하면 어떡하지? PD님들과 야외 테이블에서 먹태에 생맥주를 흡입할 땐 파들파들 떨었다. 나중에 다 토해 내라고 하면 어떡해? 그래서, 몇 잔 더 마셨다. 언제 이런 날이 다시 올지 모르니까 일단 먹고 보는 거지. 어려서부터 우리 엄마는, 먹을 거 사 주는 사람한텐 일단 최대한 비싼 거 얻어먹으라고 했다.

그리고 엎치락뒤치락 이러쿵저러쿵 삐거덕삐거덕 완성된 이야기들이 지금 여기 있다. 아이고, 난 몰라.

다만 안전가옥과의 작업이 피를 끓게 만들었다는 것을 꼭 적고 넘어가야겠다. 몇 번을 삽질할 때마다 꼼꼼히 읽어 주며 지구 열 바퀴 마라톤쯤 같이 뛸 기세로 페이스메이커 역할을 해 준 레미와,(그 확신에 찬 목소리와 발걸음이란! 스앵님을 부르짖게 된다.) 버튼을 삑 누르면 내가 좋아할 만한 소설 제목을 뽕

작가의 말

출력해 주는 자판기 같은 테오(물론 굉장히 무서울 때도 있었다…. 그렇지만 나는 나를 똑똑하게 괴롭히는 사람을 좋아하는 이상한 취향을 가지고 있다…) 에게 무한대로 발산하는 하트를 전한다. 레미와 테오 PD시여, 두 분은 약간 나의 어버이 같은 뭐 그런 존재니까 일단 절을 받으시라. 여러분의 넘실거리는 은혜를 입어, 나 혼자서는 절대 쓸 수 없었을 이야기를 만드는 법을 (대충) 익힌 사람으로 새로이 태어난 것 같으니까요. 짜잔. 그러니 좀 더, 크루아상처럼 아주 여러 면에서 다층적으로 사람 건강에 나쁜 사람이 많이 나오는 서사를 구워 보고 싶단 장래 희망을 수줍게 적어 본다.

뭐, 일단 이렇게 지껄여 보는 것이다.

프로듀서의 말

《사뭇 강펀치》는 안전가옥의 쇼-트 시리즈의 일곱 번째 책이자, 설재인 작가의 두 번째 단편집입니다.

스포츠를 좋아하는 작가의 이야기를 읽고 싶다고 생각하던 차에 설재인 작가의 에세이 《어퍼컷 좀 날려도 되겠습니까》를 읽게 되었습니다. 온몸으로 부딪힌 경험을 땀방울 털듯 글로 쓰는 이라는 생각에 그가 쓴 픽션까지 단숨에 읽었습니다. 설재인 작가의 첫 번째 단편집 《내가 만든 여자들》에는 그녀가 현재 밀레니얼이자 여성으로서 어떤 지점에서 서 있는지, 어떻게 이 세상에서 숨 쉬고 있는지가 날것의 언어로 적혀 있었습니다. 글을 읽는 내내 등장인물들이 내게 직접 말하고 있다는 느낌을 받았습니다. 오랜만에 만나는, 펄떡거리는 이야기였습니다.

두 권의 책에서 느낀 생생함을 안고 작가님을 만났습니다. 섭외차 메일을 드렸는데 아무 주저함 없이 '우리 지금 만나, 당장 만나'의 느낌으로 화답해 주셨어요. 한국 문학의 독자로서 30년, 프로듀서로서 몇 개월을 지내는 동안 이렇게 글과 작가, 등장인물의 느낌이 삼위일체마냥 생생한 경우는 처음이었습니다. 거짓된 느낌과 잘 모르는 경험은 결코 전하지 않는 작가와의 작업은 그렇게 시작되었습니다.

작가의 복서로서의 경험과 교사로서의 날카로운 관찰력이 더해진 〈사뭇 강펀치〉는 중학생 복싱 선수의 체중 감량에 얽힌 이야기를 다루고 있습니다. 대한

민국의 학생 스포츠계의 어두운 단면을 그리되 인물들이 가진 미묘한 심리를 잽 날리듯 서술하여 독자가 긴장감을 놓을 수 없게 합니다. 두 번째 수록작 〈그녀가 말하기를〉의 경우에는 사이비 교단에서 자란 주인공이 자신에게 주어진 최악의 환경을 헤쳐 나오는 과정을 그립니다. 주인공은 자신의 욕망이 추동하는 삶으로 나아가기 위해 순조롭지 않은 과정을 기꺼이 무릅쓰고 거짓 믿음의 세계를 전복합니다. 그가 다른 이들의 추종을 받는 사람으로 등극하는 결말은 새로운 여성 빌런의 탄생을 예고합니다. 〈앙금〉은 설재인표 심리 스릴러의 맛보기판이라 할 수 있습니다. 함께 살지만 서로를 너무나 싫어하는 자매, 대학원생 미진과 회사원 미단. 실종된 미단을 찾기 위한 미진의 여정은 사실 인간의 가장 어두운 면을 향한 한 걸음 한 걸음이었다는 점이 서서히 드러납니다. 반전이 매력적인 작품입니다.

어딘가에서 실제로 일어났을 법한 이야기로 비일상적인 순간을 묘사하고, 특별한 개성을 지닌 등장인물들을 통해 인간의 숨겨진 욕망을 끄집어내는 설재인 작가의 문장은 독자의 눈길을 매 순간 붙잡아 둡니다.

작가님과 작품에 대한 이야기를 나눌 때마다 그녀가 얼마나 성실하고 부지런한 작가인지 새삼 깨닫곤 했습니다. 체육관에서 하루 몇 시간씩 땀을 흘리고, 다른 몇 시간은 책상 앞에서 뛰고 있는 설재인 작가의 이야기가 독자의 마음을 잘 두드리길 바랍니다.

제게는 취향일 거라며 설재인 작가의 책을 툭 던져 주시고, 작가에게는 힘이 되는 조언을 건네 주신 스토리 PD 테오, 원고를 꼼꼼히 다듬어 주신 이혜정 편집자님, 인간의 어두운 심리에 사뭇 강한 펀치를 날리는 표지를 만들어 주신 금종각, 원고가 올 때마다 함께 즐겁게 읽어 주신 안전가옥의 운영 멤버들, 모두 고맙습니다. 결국 멋지게 장르 소설계에 한 발 내디딘 설재인 작가님께 가장 큰 박수를 보냅니다.

　잽, 잽, 훅!
　우리 멋지게 나아가요.

안전가옥 기획 PD
레미

사뭇 강편치

지은이	설재인
펴낸이	김홍익
펴낸곳	안전가옥

기획	안전가옥
프로듀서	윤성훈 · 정지원
	박혜신 · 반소현 · 이은진 · 이지향 · 임미나
편집	이혜정
디자인	금종각 Golden Bell Temple Graphics
브랜드	최다솜
사업개발	이기훈 · 김보경
경영지원	홍연화

출판등록	제2018-000005호
주소	04779 서울특별시 성동구 뚝섬로1나길 5,
	헤이그라운드 성수 시작점 203호
대표전화	(02) 461-0601
전자우편	marketing@safehouse.kr
홈페이지	safehouse.kr
ISBN	979-11-91193-07-7
초판 1쇄	2021년 2월 23일 발행